文芸社セレクション

不登校の息子へ

〜それでもあなたを愛してる〜

弥山 りの

MIYAMA Rino

文芸社

◆まえがき

私が高校生の時、クラブのムードメーカーの女の子がいました。その子は男女関係なく誰からも好かれる人でした。

その子が「私はダンナはいらない。子どもさえいれば良い」と言ったことがあります。ポコッと腕の中に赤ちゃん来ないかなぁ?と人懐っこい顔で笑い飛ばすように、その場を笑いの渦にして。

その時は何をおバカなことを、と笑って聞き流していたのですが、大人になり恋愛から遠ざかっていた私は全く本心からではなかったし、捉えようによっては不謹慎な話なのですが、気づくと心に傷を受けないように、笑ってこの言葉を使っていました。

そう言えば小学生の頃に両親とお墓参りに言った時、あなたはこのお墓には入れないよ、将来結婚したら旦那さんと一緒のお墓に入るんだよ、と諭されたことがあります。その時には、絶対嫌だ! お父さんやお母さんと一緒がいい! 私もここに入りたい!と強く望んだことをはっきりと覚えています。思えばこんな言葉や思いを神様か仏様が受け取り、シングルマザーの道を私に用意されたのかもしれないなぁ、なんて考えることがあります。

このまま一生独身かな?と考えた時、パートナーと出会えないことよりも、我が子と出会えないことのほうが辛いと感じたように思うので、もしかすると心のどこかで結婚しなくてもいいから我が子だけは欲しい、と願っていたのかも、と最近になって若かりし頃の自分の発言を、妙に納得していたりもします。そして強く願ったり、何気ない思いでも言葉にするとそれが自分に近づいてくるのかな、とも思っています。

この本は、自分の辛さを分かってほしい！という思いで書いたのではなく、発達に特性を持つ人たちや不登校の子どもの日常がどんなものであるか、そして家族や周りの人たちがどんな思いで生活しているかを記し、同じような環境のご家族やご本人、学校関係者の方々に何かの参考になれば嬉しいな、共感してくださって楽になってくださるといいな、少しでも何かを感じてもらえると幸せだな、という思いで書かせていただきました。

発達に特性があるといっても、十人十色です。

我が家の悩みがすべての発達特性を持つ子どもたちや共に過ごす方々と同じではなく、また逆も然り、です。

でも、どんな家でも、人でも、辛いことがあれば楽しいこともあります。悶々と過ごす日々の中でこの本を手に取り、わが家や自分だけではない、と気づいて心が軽くなる方が少しでもいらっしゃれば、日々の苦労で気づかなくなってしまったささやかな幸せに気づいてくださる方が少しでもいらっしゃれば、平凡な私が日々を綴っただけのこの本を世に送り出したことにも価値があるのではないかと思っています。

私は医者ではありません。だから間違った育児法が、知識が、対応が、そして人として人との関わりが、この本に記載されているかもしれません。

その時は、反面教師として、「ウチのほうが上手くやれているな」とか、「私の育児もまんざらじゃないんじゃない？」と自画自賛しながら読み進めていただければと思います。

そして、もしご家族との関係が壊れてしまったり壊れかけているご本人がこの本を手に取ったなら、ご家族の思いやご家族の心の声と思って読んでもらえると、こんなに嬉しいことはありません。

だってご家族は、上手く伝えられなくても心の底ではあなたのことをきっと全力で愛していますから。

紙面上ではありますが、皆さまと出会えたことは、私のこれからの活力になると思っています。

だから、私も皆さまへ少しでも元気を送ることができれば嬉しく思います。

それぞれの環境で、それぞれの最善の道を模索し、そしてその道に少しでも近づけますように。

目次

◆息子との出会いまで

・始まりの瞬間

父は穏やかな笑顔をして右手でマイクを作り、私に向けた。

「今の心境は？」

その時、気の利いた言葉を考えることもできただろう。それでもまっすぐに自分の心と向き合った私は、無心でこう答えた。

「ようこそわが家へ。生まれてきてくれてありがとう！」

この子の人生は今始まった。いや、もうとっくに始まっているのかもしれない。あの時、すでに辛い思いをしていたのだから…。

・子どもと関わることへの願望と躊躇

二〇〇八年七月。

「私って、いつか親になれるんだろうか？」

当時付き合っていた彼との将来が見えなくて、ふとこんなことが頭に浮かんだ。

幼稚園の頃から幼稚園の先生に憧れていた。

子どもの頃から小さな子どもや赤ちゃんが大好きで、短大では幼児教育を学び、幼稚園教諭の免許を取得した。結局は企業へ就職したが、子どもを愛しい、と思う気持ちに変わりはない。

若い頃から結婚願望がとても強かったが、自分に自信が持てず、鬱なのではないかと思われる年月を約十年経験した。

その後も母親との考え方の不一致による信頼関係の崩れ、一人暮らし、私のことを認め可愛がってくれた上司の転勤・急逝を乗り越え、出口の見えないトンネルをようやく抜け出せるかという、そんな中で出会った彼は、何の偏見も持たず、コミュニケーションが少し苦手な私をありのまま受け入れてくれる人だった。

バツイチの彼には二人の子どもがいた。何度か会ったが、食事では兄妹で私の隣を取り合った。私はこの子たちの母親になる、と心に決めていた時もある。彼らが味わえなかった母の愛情を私ができる限り与えたい、と思っていた。

結果として子どもたちの心に傷をつけたのではないか?という思いが、今もずっと私の心の痛みとして残っているが、何かあれば力になりたい、という子どもたちを思う気持ちは今でも変わらず胸の中に仕舞っている。

彼は、子どもたちに母親ができることを希望していた反面、彼と不仲であった両親のことで私を不幸にしてしまうのではないかという思いもまた強かったのだと思う。そしてその結果、我が子たちが二度も母親を失う、という結末を迎えることにならないかと案じていたのだろうということも今なら容易に想像できる。すでに「親」としての人生を歩んでいた彼は、親として正しい選択をしようとあらゆる可能性を考えていたように思うのだ。

「いつか私は自分の子どもを産むことができるのかな？」

そう考えたのはそんな時だった。私はもう四十歳目前だった。彼ともし結婚できなかったら、私は一生我が子を抱くことはないかもしれないのではないか。だいいち、自分の年齢を考えれば、相手がいようといまいと出産は望めないかもしれない。

我が子を持つことをとても望んでいた私は、そっと目を閉じてみた。するとごく自然に、そして鮮明に自分のマタニティ姿が浮かんできたのだ。なぜかこの時「良かった！　私親になれるんだ！」と安心し、根拠のないこの「妄想」のおかげで何の疑いもなく心の霧が一瞬にして晴れたことを鮮明に覚えている。

妊娠が発覚したのは、それから約四ヶ月後のことだった。

・生まれるべき命と未婚出産の苦難

一回目の転機は、妊娠発覚の一週間前に訪れた。

彼とお別れしよう、という話をしたのだ。その時すでに彼との結婚に向けて準備を進めていたのだが、結婚も目前かと思われた時、彼の家族から、将来生まれてくるかもしれない我が子を含め今後の生活を円滑に過ごしがたいと思われる発言があったため、結婚を諦めざるを得ない状況になってしまったのだ。

それでも彼とは連絡を取っていた。一見軽く見られるが根は真面目で向上心もあり、私が不満を漏らしてもいつも穏やかに聞き入れてくれる人だった。そんな彼を支えていきたいと思っていたので、継母と馴染めないでいる彼やまた彼の子どもたちの将来を考えると、どうしても決心が鈍るのだった。

そして私が自分の体の変化に気づいたのは、腹を括ってそんな彼への別れを伝えた一週間後だった。意を決して妊娠検査薬を買って早速使ってみた。結果は陽性。あちゃー。よりにもよって、なぜ今?

最初に思ったのは、「堕胎っていくらかかるんだっけ?」

その次に思ったのは、「一人で育てられるかな?」だった。

親に言うまでは、お腹を強く叩いたり、ヒールを履いたり、走ってみたりした。

でも、お腹の赤ちゃんは、びくともしなかった。いくら負担をかけても、お腹に違和感すら感じない。この子は生まれてこようとしているんだ。

元々は子どもが欲しくて欲しくてたまらなかった私だ。

私が一番尊敬していた兄に相談した。すると、「もし何かあったら、僕が二人の面倒くらいみてあげるから。自分の気持ちを大事にして」というようなことを言ってもらった。兄夫婦には子どもがいない。きっと複雑な心境だったと思うが、この言葉が私に出産の勇気をくれる決定打となった。


思えば何度も環境の違いなどから別れを考えた彼と私だったが、お互い居心地が良かったことや、彼の子どもたちを幸せにしてあげたいと思う気持ちもあり決心がつかなかったことが、結果的には息子と出会わせてくれることとなった。そう思うと、妊娠するまでの出来事や行動はすべて我が子と出会うことに繋がっているような気持ちさえしてくる。彼の子どもたちとは、私に大事な息子を授からせてくれる役目を持って生まれてきたのではないかと思うほどの、大切な出会いであったようにも感じるのだ。

悩みに悩んだ末、私と子どものために結婚しようと何度も言ってくれた彼と話し合いを重ね、私は出生前検査で異常がなければ未婚で産むことを許してほしい、と両親を説得することに決めた。

両親揃っての出産であれば、甘いかもしれないが、障害があろうとなかろうと、愛情を注いで育てていく自信はあった。

だが、私が選んだ道は、シングルマザー。未婚の母である。

もし障害のある子どもが生まれ、その障害に対して、してあげなければならないことが色々と発生した時、経済的・時間的そして精神的に満たしてあげられる自信がなかった。

もちろん、出生前検査で分かることはごく一部だと分かっていたし自分が命の選別をすることには屈辱的とも言える苦痛を感じたが、保守的でプライドの高い親を説得するには、何かしらの妥協策が必要だった。生まれてから障害が分かったら、もう頑張るしかない！　子どもが生まれたら、私一人で育てる自信はなかったし、万が一障害を持って生まれてきたなら尚更、同居するとなると両親の協力は絶対に必要だったからだ。未婚の母なんて、とても理解してもらえない世代の両親を説得する方法として、そしてすでに七十歳を過ぎている両親の今後の負担を考えると、私にはこれくらいしか思いつかなかった。

「今週、妊娠のことを話す！」

そう決めた週末、私はいつものように実家で泊まった。

父と母に告白しようと腹を括り、日曜日、二人を前に静かに話し始めた。母は驚きと共に、父は恐らく怒りや動揺のような気持ちを鎮めながら私の話を静かに聞いてくれた。父は常時不機嫌で、読んでもいない新聞のページを何度も往復して捲りながら黙っていた。

とにかく産みたいこと、ただし、一人では育てる自信がないから独り暮らしをやめて戻ってきたいこと、育児を手伝ってほしいこと、出生前に発生率の高い障害を持っているかどうかを検査できること、一〇〇％健常児の出産を約束するものではないが出生前検査を受け、もし良くない結果が出たら出産を諦めること…。

両親はすぐに判断できないから待ってくれ、と言い私は返事を待った。

そして翌週だったか、父は承諾してくれた。とにかく、こうなったからには今できることを考えよう！と。とにもかくにも私は出生前検査を受けることにした。

・出生前検査

何とか親の承諾を得、二〇〇八年十二月初め、出生前検査（羊水検査）をした。一人で検査に行った。羊水検査といえば、腹部に針を刺して羊水を採取する方法が多いようだが、私の紹介されたクリニックでは、当時は膣からの採取であった。

検査はかなりの痛みを伴った。個人差はあるようだが、私はかなり痛かった。後から思えば、実際の痛みのほかに、心の痛みもあったのではないかと思う。痛くて辛くて涙が止まらなかった。看護師さんがずっと握ってくれた手が、なんと優しく温かかったことか！

結果が出るまでには三週間ほどを要した。

検査の日から結果が出るまで、気の遠くなるような長い時間に感じた。

その間、何を考えていたかというと、ひたすら「良い結果が出ますように！」や、「元気な我が子に会いたい！」などでは決してなかった。

私は本当にこの子を産みたいのだろうか？

悪い結果が出て堕胎することになった方が安心するのではないか？

もし生まれても、育児の辛さから逃げ出して我が子を捨ててしまうのではないだろうか？

今だって、お腹にいる我が子を愛しいなんて、これっぽっちも思わない。

私は本当にこの子を愛していけるのだろうか。

そんなことを毎日毎日考えた。三週間といえば、年内ギリギリ。

年明けになるかな？と思っていたが、クリスマスイブにクリニックから連絡が入った。

「二十六日に結果を聞きに来て下さい」

クリニックからの連絡が思ったより早いことが、かえって悪い結果を想像してしまい不安になる。本当は産みたいのか、産みたくないのか、自分でも分からない。緊張だけが高まっていく。

早く結果が知りたいとは思っていたが、いざ結果を二日後に控え、この二日が更に気の遠くなるような時間に思えた。いよいよ来院の夜、会社からの帰りに電車に揺られてクリニックに向かう。ここに来ても、まだどんな結果を望んでいるのか自分でも分からない。

赤ちゃんを愛しているのか、もしかするとこれっぽっちも好きではないのかもしれない。

こんな母親の元に生まれた赤ちゃんが、果たして幸せになれるのだろうか？

不幸を背負うだけではないのか？

そんなことを考えているとクリニックに到着した。

受付を済ませると、すぐにカウンセリングルームへ通される。

しばらくすると女性が入ってきた。いよいよだ。いよいよ結果が分かる—

「赤ちゃんに異常は見つかりませんでした。性別は隠していますが、ここも正常です」

染色体が並ぶ検査結果を指差しながら、穏やかに話す女性は、こうも言った。

「弥山さんに勇気を貰いました。もし異常が見つかったら、（実際には出産を）どうされるのかな？と思っていましたが…良かったですね！」と穏やかに微笑んだ。

良かった！　口をついて出てきたこの言葉と共に、涙が溢れてくる。止まらない。次から次へと涙が頬を流れていく…。

私は止めどなく溢れる涙を拭おうともせず、子どものように泣きじゃくった。


そうか。

私は赤ちゃんを産みたくなかった訳じゃないんだ。

欲しくて欲しくてたまらなかったんだ。

会いたくて、会いたくて仕方がなかったんだ。

この時ようやく気がついた。

私はお腹の赤ちゃんを愛せない訳でも、堕胎したい訳でもない。ただ、最悪の事態を考えて、無意識に愛していることを感じないように心に蓋をしていただけなのだと。

産むと決まれば、もちろん不安は山積みだが、腹を括るしかない。

・母と私の価値観

母は将来の子どもの苦労を案じ、心の底から祝う気持ちにはなれなかったようで、実家に戻る前から数ヶ月に亘り、顔を合わせるたびに意見のぶつかり合いは絶えなかったが、父は産むと決めたら全面的に応援してくれた。

もちろん、母が私に嫌がらせしていたわけではないことは百も承知している。

母は中学に上がるまでに両親を病で亡くした。その後は継母に育てられたが、関係は良好とは言えず、「育ててくれた人」としか表現しない。

近所に住んでいた親戚には親無しだと水を掛けて追い返した人もいたようだ。子どもの頃からそんな経験もし、継母が家を出たあと、妹との二人生活を自分の収入だけで支えた母にとっては、私の決意など、ままごとにしか見えずに心配で仕方なかったのだろう。

育った環境からか世間体を極度に気にする母は、息子が生まれた後もしばらくは自分の置かれた状況を受け入れることができずにいたようだったが、今思うと私はこの「世間体」に包まれて育ったからこそ、今の育児方針を見つけ出すことができたのではないか、と思う。

学生時代は私も母と同じようにネガティブな思考回路で苦労をした。でも、十年間の鬱生活をなぜ終えられたかというと、当時の飲み仲間が言ってくれた「選ばなかった道は無かったも同じ」という言葉のお陰だ。

この言葉を心に刻んで、前向きに生き始めた途端、私の心は軽くなり、同じ出来事を前向きに捉えることができるようになったのだ。

そして、巡りめぐって、「私はわたし」。

ようやくこの言葉の意味を理解し、使えるようになった。出産を決意することができたのは、時代の移り変わりと、この言葉のお陰だと思っている。

もちろん、親身になってアドバイスしてくれた友だち、我が子の父親、決心を色眼鏡で見ることなく心から喜んでくれた幾人の友だち。色んなところで助けてもらったことも決して忘れていないし、これからも忘れることはないだろう。

だけど、どう足掻いてもどうにもならない過去を引きずるより、失敗を糧にこれからの人生に色彩を加えるよう導いてくれたこの言葉は、きっと一生私を支えてくれるに違いない。

年が明けてからは、なるべく前向きに過ごした。

周囲にも公表し、独り暮らしのマンションを引き払い実家へ戻った。

・赤ちゃんの気持ち

ある日、当時習っていたプリザーブドフラワーの先生が通う霊能師さんを紹介してもらい、先生と一緒に出掛けた。

私は元気よくポコポコとお腹を蹴るこの赤ちゃんを「ポコちゃん」と呼び、妊娠中は胎教として、お腹に向かって話しかけたり、話を読み聞かせたりしていた。

その日も朝、今日はこんなとこに行くよぉ、こんな人と会うよー、というようなことを話しかけたと思う。

先生と私とそれぞれ順番に霊能師さんにみてもらったのだが、私の順番で少し話をした後、ベッドへ横になり、霊能師さんが透視を始めた。

すると「…あなた、…教育ママ？」と言われ、驚いた。

教育ママではないが、少しでも生まれた後に苦労をさせないように、お腹にいる時から愛情を感じられるように、と願い、お花には色んな色があるんだよ～、とか、パパは離れているけどあなたの事が大好きだよ、とか、絵本を見ながら、綺麗だね～、楽しそうだね～、まぁるいね、など、沢山の言葉で話しかけた。

そのことを言っているのだろう、と分かったので、本当に驚いたものだ。教育ママではないが話しかけたり本を読んだりはしています、というと霊能師さんはなるほどと納得されていた。

そして椅子に移動し、彼女はこう言った。

「この子は、お母さんがいれば良い、おばあちゃんに何を言われてもお母さんが分かってくれてたらおばあちゃんたちに愛されなくても良い、って思ってるよ。あなたはもう、この子のお母さんなんだから、あなたの母親の言うことも気になるだろうけど、一番にこの子のことを考えてあげなさい。父親のことも、この子は自分から決して話さないよ。我慢する」

その時私が「辛い思いをするんでしょうか？」と尋ねると、「今でも辛いと思うよ」とおっしゃったあと、うっすらと目に涙を浮かべておられた。

私はその涙に、我が子の未来を見た気がした。

実はこの霊能師さんには、後に息子の名前を選んでいただくことになる。

・三人の名付け親

最初は両親と私で考えたたくさんの名前を持っていった。

だが、その中にはない、と言われた。

両親と私の三人で考え直し、二回目の訪問前日には、○時を過ぎて深夜まで頭を抱えた。なかなかこれと思う名前が出てこない。

最後の最後で文字数を変えてみた。男の子で三文字。珍しいけどキラキラネームではない。困難を乗り越え、神様のような大きな力に守られて、希望を持って輝く人生を歩み、また周りにも光を灯せるような人になってほしいという意味を持つ。

うん、これが良い！

前回と同じく家族三人で多数決を取り、桜の蕾が膨らみ始める頃、今度は二十個の名前を引っ提げて行った。最初は十個提示して、そこでなければ残りの十個の名前を提示しよう。

最後に選んだ名前は一枚目のトップに書いた。選んでほしいと願う私の思いを込めて。霊能師さんが選んだのは、私が望んだ三文字の名前だった。やった！　心の中で小躍りした。

いくつか他の名前も良いと言われたが、「本当は、もっと元気のよい名前が良いんだけど…赤ちゃんが『これが良い！　ボクこの名前が好き！』って言っています。後は家族会議で決めてください」とのことだった。

一緒に行った母は、静かにフルネームで名前を読み上げた。弥山征佑輝（みやままさゆき）。「良い名ですね」と満足そうに微笑んだ。この時ポコちゃんは、晴れて弥山の姓を受け継いだのだ。

この日を境に母の態度が軟化したように思う。四月に入ったある日、赤ちゃんが元気に動いている時に母はためらいながらも初めて私のお腹に手を当てたのだ。

何とか家族で赤ちゃんを迎える準備が整ったのかな、と胸を撫で下ろしたと同時に母の心境の変化に感謝し、また自分も少し受け入れられた気がして心が温かくなるのを感じた。

◆天使がやってきた?!

・元気な男の子

五十二センチ、三六〇五グラムで生まれた赤ちゃんは、よく動く元気の良い男の子だった。

欲しいものは欲しい、とは乳児期から変わらないのかもしれない。

出産直後、私は母乳が出なかったのだが、しつこく、しつこく!息子が吸い続けてくれたお陰で、なんとか母乳も出るようになった。

あまりに母乳が出なかったので一歳過ぎた頃に生まれた時のことを聞くと、「パイパイ、ない！」と言われたくらいだ。

ふと「これもこだわりだったのか」と思い返すと、心の中でくすりと笑みがこぼれる。

余談だが、お腹には「チャポーンて！」入り、お腹からは「スポーンて！」出てきたそうだ。ジェスチャー付きで教えてくれた。

そして私は息子が十一ヶ月の頃に職場復帰をした。お試し保育の初日、最初は不安がる子にはおもちゃを与えて寂しさから気を逸らすそうだが、息子はおもちゃには目もくれず、お兄ちゃんお姉ちゃんのことばかり観察していたそうだ。

・吃音

一歳半の頃、言葉が増えると共に吃音が現れた。ストレスがかかった時に強く症状が現れ、かなり酷くなった時期もあって少し気になったが、男の子は幼少時によく現れると本で読んでいたのでそのうち治るだろう、とあまり気にしないようにして過ごした。
だが三歳の頃保育士さんに何度もカウンセリングを勧められ、渋々予約を取ってカウンセリングを受けることにした。

息子の吃音は、調子の良い時はほとんど気にならなかったが、酷い時は最初の一文字目の音が伸びたり繰り返したりする。例えば「おつきさま」と言うのに「おーーーーーーつきさま」や、「おおおおおおつきさま」などだ。言い直させたり急かしたりしてはいけない、とネットなどで読んでいたので、「うん、おつきさまが今日はまんまるだね」など、相づちを打つのみに留めていた。吃音のことを本人もあまり気にしてなさそうだったが、吃音の話題を避けすぎてもいけない、とこれもまたネットなどで読んでいたので、カウンセラーに行く前に本人の気持ちを確かめることにした。吃音が出て随分あとだったが「ママはこれが征佑輝だと思っているから全然気にならないんだけど、征佑輝は気になる？」

と聞いてみた。すると、「なんでみんなみたいに上手にしゃべれないんかな～って思う」という返事。いつもという訳ではなさそうだが、やはり少し気にしているようだ。

そこで、「しゃべりやすくなる練習をしてくれるところがあるみたいなんだけど、行ってみる?」と聞くと、二つ返事で「行く」とのこと。「うん、分かった! じゃあ行ってみよう!」ということで、初めてのカウンセリングへ行くことにした。

カウンセリングでは、親と子どもは別々の部屋に通された。子どもは遊びながら、運動、知能、社会性などの発達をチェックし、並行して自己肯定感を高めるようなカウンセリングを取り入れながら楽しい時間を過ごすことでストレスを軽減させる。その一方で親は発達に関するアンケートに答え、そのあとに子どもの観察で分かったことと、このアンケート結果を踏まえてアドバイスを受ける。

その時、カウンセラーの先生には、

①習いごとは一つ
②しっかりスキンシップを取って
③人格を否定するような叱り方はだめ
④「甘えさせる」ことと「甘やかす」ことは異なる
⑤知能は高いが社会性が少し遅れている
⑥現時点ではあまり心配することはない

⑦吃音の子は賢い子が多い
⑧命の危険がなければムキになって叱る必要はない
⑨子どものいたずらは危険がなければ必要なこと
⑩子どもと接するのはユーモアが大切
⑪家族以外で信頼できる大人と繋げてあげるのは親の役目

というようなことをアドバイスいただいた。

特に④については、例えば子どもが「抱っこして」と近づいてきたら抱っこしてあげれば良い。本人が何も言っていないのに先回りしてやってあげるのは「過干渉」「過保護」、という言葉がズシンと胸に響く。やれることはやらせているつもりだったが、果たして「過干渉」をしていなかったのか? 「やっていません」と胸を張って言える自信はなかった。私の母はできていたと思う。甘えてきた時にはちゃんと甘えさせてあげている。いけないことは「ダメ」としっかり伝えている。私の子どもの頃もそんな躾であった。その点父は息子がぐずると長引いて時間の無駄だ、言うことを聞いてやれ、と私に諭した。私は自分の楽な方法、すなわち父の意見を取り入れていたのではないか。

命の危険が伴わない遊びについては、極力眼を瞑っていたので、これについてはまぁまぁ合格ラインというところか。

総合的には自分の育児が、大きくは間違っていなさそうだったので、非常に安堵感を味わったのをよく覚えている。

社会性の遅れについては私自身も少しゆっくりであったと思っているので、遺伝したのかな?と軽く流していた。

ただ、「甘えさせる」と「甘やかせる」の判断は、今でもよく悩むことで、その頃は今よりもっと分かっていなかったとは思う。

カウンセリングセンターでは最後に、担当してくださった臨床心理士さんから息子の様子が伝えられた。最初は緊張した様子でしたが、後半はやりたいことを自分で伝えたりもできていましたと、にこやかに教えてくださった。帰宅途中、息子に今日は楽しかったかと聞くと、「トランポリン（一人用）が楽しかった!」と眼を輝かせて教えてくれた。また行きたいかと訊ねると行きたい!と教えてくれ、来てよかったなと思った一日だった。息子は心なしか、往路よりも表情が明るくなった気がした。

教えていただいたことをすぐに何もかも実行できた訳ではないが、「魔の二歳児」も本人の気持ちを復唱して乗りきった私にとって「本人の気持ちを認める」ことは、日常化していたのでそれほど難しいことではなかった。そのほか取り入れたのは、何かやってほしい時に「やる気ボタン探し」をして、どこかな?これかな?と笑いながら体のあちこちを押すことだ。例えば着替えてほしい時。着替えをするボタンはどこかな?　あっこれかな?と言いながら適当な体の部位を押す。すると息子はキャッキャと笑いながら違う、そこじゃないと喜ぶ。しばらくやり取りしたあとに「お腹にあるよ」などのヒントをくれたりして私が「やる気ボタン」を探し当て、ようやく自分で着替えてくれる、というものだ。時間はかなりかかるが、本人が進んでやってくれる結果に導くことが大切だと、何度も取り入れた。もちろん毎回成功するわけではなく、「そんなんいいから！」と不機嫌になることもあるが、気分が乗っている時は二人で楽しみながらやる気になるのを待った。ただ、父には遊んでいるようにしか見えなかったようで、「いつまでもそんなことしてないで、さっさと着替えなさい！」と言われることも多かった。父に怒られる前にやる気になってくれるのが望ましいが、その時間のバランスが難しい。どうすればやる気になってくれるか?などの工夫は私の育児の課題のようにも思える。

今でもやる気がない時には、冗談や遊びを取り入れながらやるのだが、父のストレスが溜まるのもまた変わっていない。父は父なりに息子の育児を真剣に取り組んでくれている結果でもあるので、気持ちが分からなくもないが、この「遊び時間」の使い方もなかなか難しい。

吃音の方は波がありなかなか治らないが、「喋りにくい人は賢い人が多いらしいよ」と話してから、本人は少し気が楽になったようだった。

・保育園時代

吃音の他は比較的すくすくと育ち、保育園と幼稚園時代はとても面倒見が良く、小さなお友だちにも優しく接した。

特に保育園は小規模だったので、一応は年齢ごとに部屋が分かれているがどちらかというと仕切られているという構造だったため、年齢の違う友だちとも関わることが多いアットホームな保育園だった。

好きな遊びに対する集中力は凄まじかった。

最初に集中力があると気づいたのは保育園の時だ。ペットボトルの口から長さの違うプラスチック製のチェーンを入れる遊びが好きだった。短いものは簡単だが、長いチェーンは揺れてしまいペットボトルのような小さな口からは中々入らない。それを揺れが収まるまでじっと待ち、ゆっくりとチェーンを沈めていく。その他にも、蓋付きのコップのような容器を使い、蓋に貯金箱のような長細い、カードが入るほどの大きさの入り口を作ったものがあり、そこから大きめのトランプほどのカードを入れていくものがあった。たまたま本園からいらしていた園長先生が、カードを入れようとする息子に向かい「これはまだ難しいかな～」とカードを息子の手からそっと取ろうとした時、いつもおられる保育士さんが慌てて「まーくんはそれ得意なんです」と声をかけたことがある。パズルも好きで対象年齢より少し難しいものを最後まで何度もやり抜いた。この頃は、我が子の集中力の高さに感心していたが、思えば「好きなことを止められない」だったのかもしれない。

普段から入ってはいけないところに入ろうとする小さなお友だちを手で制してルールを教えてあげたり、月齢が高かったためか年上の友だちと遊ぶことが多く、先生にもあまり甘えなかったそうだ。だが、風邪などでお散歩を見合わせた日など先生とお留守番をする時は必ず膝に乗ってくる、本当は甘えん坊な子どもだと保育士さんはみんな気づいてくださっていたらしい。そういう時は甘えさせてくださっていたようで、今から考えても痒いところに手が届く小さな保育園でお世話になったことを良かったと思っている。

この頃、テレビではトーマスが大好きで『きかんしゃトーマス大図鑑』（ポプラ社）を買った。毎日毎日、飽きるほど読み聞かせた。トーマスの話をし始めると止まらない。保育園のママさんからは「トーマス博士」と言われた。自分の好きなことを話し出すと止まらない。自分が興味を持つことは他人も興味があると思っている節は、十一歳になった今でも変わらず今となっては悩みの種にもなっているのだが、当時はまだ微笑ましく聞いているだけだった。

平仮名や片仮名はトーマス図鑑で覚えた。絵本やトーマス図鑑は毎日のように読み聞かせていたので、覚えさせようという意識のないうちに覚えてしまった。例えばある日トーマスの仲間を紹介しているページを読んでいる時のことだ。トーマスとのエピソードが書かれていたのだが、突然「どーしてここにトーマスが出てくるの?」と、「トーマス」の文字を小さな人差し指で指差した時には驚いた。

本が好きだからといって大人しい子どもではなかった。息子が通っていた保育園は、庭のない雑居ビルにあり、雨でなければ毎日近所の公園へ連れていってくださる。いろんな公園で遊べるのでこれもまた良し、と思っていたが、二歳の年明け頃から保育園に行くのを嫌がるようになった。まだ二歳児なので、自分がなぜ保育園に行きたくないのかなんて説明してもらえない。ママと離れるのが嫌だとか、◯◯ちゃんがこんなだから、とか色々言うが、本当のことは分からない。私も色々と原因を考えるが、これというものを思いつかなかった。ただその頃、お迎えに行くと決まってすぐ近くの駅のロータリーを何周も歩いたり走ったりしてケラケラ笑っていた。時には息子が一人でスタスタと歩いていき迷子になりかけたり、時にはお友だちと楽しそうに歩いたり走ったり。先生方はとても良い先生に思えたし、原因はきっと、体を動かすことが好きな息子が、お散歩以外は閉鎖された室内で過ごすということに大きなストレスを感じているのだろうと、私は感じていた。

毎日のように出勤が始業ギリギリから大幅遅刻をしていた時期もある。職場にはこの頃から随分と迷惑をかけたが、頑なに保育園に行こうとしないエビ反りになる息子を抱えて保育園のある二階まで階段を上がっていくには危険が伴い、中々できなかった。幸い当時の上司が理解のある方で助かったのだが、同僚には随分と迷惑なことだったと思う。

何度も、もっと大きな幼稚園に転入できないか？と考えたが、仲の良いお友だちもいるし、小さい時は家にいるような、温もりの中で過ごしてほしかったので、もうすぐ登園渋りも終わるだろう、あと一ヶ月もすればきっとよくなる、と思いながら結局登園を毎日嫌がりながら一年以上あとの卒園まで過ごした。

その頃はストレスを溜めているんだなぁ、もし何が原因かがはっきり正確に分かればいいのに何も理解してあげられない、と思っていたが、今思うと嫌なことを我慢できない、という発達障害の特徴が出ていたのかもしれないと思う。随分あとになってから「狭かったから嫌やったんかなぁ？」と聞くと、本人もあっさり「せやで」と言った。

ただ、お迎えに行った時には毎日ご機嫌に遊んでいて、好きな遊びをしている時は中々帰らなかったり、息子を好きだと言ってくれる同い年の女の子に「結婚して～！」と小さな部屋で追いかけられ、逃げながらもまんざらでもなさそうな表情をしていたりと、ある程度は充実した毎日を送っているのだと見て取れたので、本格的な転園は考えず、結局みんなと卒園することを選んだのだ。

・幼稚園選び

息子の通っていた保育園は、二歳児までの預かりだったので、三歳児からは別の保育園か幼稚園に行かなくてはならなかった。

保育士さんから最後の日にもらったメッセージには「普段は甘えてこないけど散歩をお留守番の時は必ず先生の膝に乗ってきた、ほんとうは甘えん坊のまーくん」と書かれていたくらいなので、じっくり向き合ってもらえる小さな保育園が本当は良いのかもしれないが、自分が幼稚園出身だからか漠然とだが幼稚園に行かせたかったので、春から夏にかけていくつかの幼稚園見学へ行った。

英才教育の幼稚園から、のびのび教育の幼稚園まで。

片親で馬鹿にされないようにと英才教育の幼稚園に魅力を感じていたが、市内の英才教育で有名な幼稚園の見学会に参加した時、何だか子どもたちがロボットのように見えた。外では何段も積み上げられた跳び箱を次々と跳び、大回転をことも無げにこなしていく。室内プールではほぼ全員が綺麗なフォームで端から端まで泳ぎきっている。きっと園側は英才教育を売りとしている訳で、こんなすごいことがこの年齢でできるんですよ！というようなところを敢えて見せたに違いない。だから普段はきっともっと子どもらしい部分もあるのだと思う。教室には、教育色の強い玩具が揃っているし、見せていただいた動画では、素晴らしい合奏をこなす子どもたちの姿が映る。ここに入園すれば、我が子はどんな素晴らしい鼻高々の成長を遂げるのか！　親が目を輝かせるのもよく分かる。ただ、トイレがあまり綺麗ではなかった（薄暗かったからそう見えただけかもしれない）のと、帰りに敷地外からガラス越しに見えた物置部屋が雑雑としていたのを見て、後ろ髪を引かれながらもここは（通いたく）ないかな、と思った。

結局後日見学した近所の幼稚園に決めた。そこは前述の幼稚園とは相反して、とにかく子どもたちが子どもらしく生きていたのが印象的だった。現場責任者の方が案内してくださったのだが、マンモス幼稚園にもかかわらず、会う子どもたちの名前を次々と呼んでいく。

「〇〇ちゃんおはよう」

「××くん、さっき弟がママに会いたいーって泣いてたから後でちょっと会いに行ってくれる?」などなど。

現場の先生なら分かるが、担任を持たない先生がまだ五月だというのに、こんなにもたくさんの子どもたちの名前と、兄弟を覚えているなんて、どういう関わり方をされているのだろう？　驚いた私は、単刀直入に伺ってみた。

「子どもたち全員の名前を覚えているのですか?」

すると少し戸惑ったように「まだ今は入園した子どもたちが間もないので、分からない子どももいますが上の子どもたちは大体分かります…」と、今全員分かると言えないことを恥じているようにおっしゃった。

息子が入園した時は年少組だけで八クラスあった。だから、きっとこの時も、それくらいはいただろう。もし一学年五クラス、一クラス二十人としても十五クラスで三百人…凄い数だ。しかも年少さんの下にも少人数ではあったが保育してくれる設備もあった。どれほど丁寧に子どもたちと関わっているのだろう。

そんな風に思いを巡らせながら、ふと園庭を見ると、そこには所狭しと走り回る子どもたちがいる。そんな園庭の端っこには長テーブルが置かれ、そこには花びらで作った色水と紙と筆が置いてあった。それを見て、ここには子どもにしかできない「学び」があるのではないか、子ども時代にしかできない経験や感動が詰まっているのではないか?と自分の子ども時代を懐かしく思い出しながら強く感じた。息子にはここが合っている。母親の勘でそんな風に感じたのだ。

・幼稚園時代

四月に入り、慣れた保育園、保育士さんやお友だちと離れ幼稚園への登園が始まった。預かり保育を受ける子どもたちは、保育園卒園翌日から新しい園の預かり保育が始まる。たまたま週末を挟んだが息子も入園式前から預かり保育が始まった。

一日目。今までは、同じ年の子どもが六人だけの定員二〇名の小さな保育園だったので、園の大きさ、子どもの多さに戸惑いながらも、同じ保育園から三人のお友だちが同じ幼稚園へ入園したこともあり、何とか無事に過ごすことができた。

二日目、少し愚図ったが、落ち着かせてから教室に入ると、そのあとは元気に過ごせた。後から考えると、この幼稚園の登園を愚図ったのは、卒園まで、この一回こっきり、時間にしてほんの二〜三分だけだった。この幼稚園で本当に良かった！と今でも、何度思い出してもそう思う。

実はこの二日目、帰り際にあるハプニングが起こった。絵本の大好きな息子がお気に入りの絵本を見つけ、離さなくなったのだ。この頃はまだ「子どもの可愛いワガママ」くらいしか意識はなかったのだが、もしかするとこれも一種の「こだわり気質」が影響したのかもしれない。子どもにはよくある普通のことかも知れないが今となっては何が子どもの特性で何が発達の偏りだったのかもよく分からない。

この幼稚園はバス登園もあったのだが、集合場所までの送り迎えができない私は、自分の憧れのバス登園をグッと堪え自転車で送り迎えをすることにしていた。保育後は預かり保育が最長十九時まであったのでお迎えも間に合う時間だ。急いでお迎えに行った私は早く帰宅したかったのだが、絵本を抱き抱えて離さない。そこへ優しそうな男性の先生が近づいてきて、

「そんなに気に入ったのなら、今日は持って帰りぃ。その代わり、明日忘れんと持ってき

て返してな?」と優しい笑顔で穏やかにおっしゃったのだ。

そんなことが許されるのか? 大人の世界では施設の物品は「持ち出し厳禁」なのでは? 驚きと感動で、恐らく私はこの出来事を忘れまいとするかのようにマジマジと先生の顔を見たと思う。そこには「慣れない環境で一日頑張ったもんな!」という表情で子どもを愛していると全身で語り、また子どもを一個人として尊重する大人の笑顔があった。

いよいよ入園式の日になった。預かり保育で一足先に幼稚園生活を始めていた息子が初めて制服を着て行く晴れ舞台だ。

緊張しているのが伝わってくる。笑わない。たくさんの親子が小ぶりの体育館ほどもあるお遊戯室に集まり、子どもたちはそれぞれお父さん、お母さんたちと一緒に座っている。

目を輝かせている子もいれば、緊張している子もいる。今まで通っていた全員で二十人ほどの保育園ですら日常生活とは違う発表会では緊張からか、それともいつもはいない大人たちが珍しいのか、お歌を歌ってカスタネットを叩くことさえできなかった。目をキョロキョロさせながら自分の置かれたシチュエーションを理解できずにただ座ってるだけ、立っているだけで、親をハラハラさせた子どもだ。年少さんだけで八クラスもある大きな幼稚園で初めてこんな大人数の中に身を置き、いつもの通りに過ごすのはかなり苦痛であったと思う。その頃は、カウンセリングで社会性に遅れがあるとは言われていたものの、私もきっと社会性を身に付けるのは遅かったと自分で思っていたので、あまり気にも留めていなかったが、発達障害の特徴を理解していれば、息子に前もって具体的な説明をして安心させてあげることもできたかもしれない。そう思うと、あの時も、あの時も。息子の至らなさや性格が災いしていると思っていたことも、実は私や同居している私の両親が息子を理解していなかったゆえに起こっていたハプニングであったということがたくさんあることに気づく。

入園式は、何とか無事に終えたのだが、それぞれの担任の元に行き教室に向かう時、整列して歩く息子が、第一ボタンを外していることに気づいた。暑い暑いと愚図り、先生が気を利かしてボタンを外してくださったようだ。首もとだけ不良っぽかったなとほろ苦く、そして懐かしく思い出す。

教室に移動してからも、暑い暑いとずっと泣いていた。きっと極度の緊張と、大人数の中で実際に暑かったのだろう。そして、みんなと同じようにきちんと座っていることも苦痛だったに違いない。慣れない制服を着て、緊張に押し潰されそうだったのかもしれない。当時は教室で他の子どもたちはきちんと座って先生の言うことを聞いている中で一人だけ泣き止まずにいた息子を宥めながら、他の親の目が気になったり、他の子どもたちはできるのになんで息子だけできないのだろう？　恥ずかしい、という思いも混ざり、それでもよく頑張ったねという気持ちも含め、ただ自分が疲れてしまって私が考える以上の頑張りを息子は果たしたのだろう、という思いには至らなかった。

じっとしていることの苦手な息子が、泣きながらも自分の椅子から立つことなく最後まで座っていたことを考えると、逃げ出したい気持ちをグッと我慢し泣きながらも今自分がやるべきことをやり遂げようとしたのだと思うと、本当によく頑張ったと後れ馳せながら今、その日の息子に心の中で大絶賛の拍手を送る自分を、苦虫を嚙み潰す思いで受け止める私がここにいる。

その後の幼稚園では楽しい時間を過ごした。

お外遊びで帽子を忘れたお友だちには代わりに教室まで取りに行ってあげた。陰で泣いているお友だちの横についていてあげた。ただ体が大きかったためか力が強く、加減が分からずお友だちを泣かせてしまうことはあったようだ。また、怪我をしたお友だちの横にたまたま息子がいたため、体の大きさや、活発さが災いして濡れ衣を着せられることもあった。幼稚園までパパさんが抗議に行き、大変なトラブルになりそうだったこともある。たまたまママさんが知り合いで怪我も以前からのものだと証言してくれたから良かったものの、気遣いができるタイプでもなく活発で、遊びの中ではやりたいことはやり言いたいことは言い、しかも声も体も大きいので、こんなトラブルにも巻き込まれたのかもしれない。また、自分の気持ちを伝えることが苦手で、友だちを泣かせれば、大抵は言い訳せず黙って口をぎゅっと結ぶので、喧嘩の原因が本当は息子ではないのでは?と考える幼稚園の先生も詳細を聞き出せなくて、先方が息子のことを悪く思ったままになるなど、何度も保護者の方に謝っていたように思う。

ただ贔屓目かもしれないが、私からは友だちから慕われていたように見えた。

話し方は偉そうだし、それなのにちょっと何か言われると神経質なほど気にするし、家では、まともに座って食事もできないほど落ち着きがないけれど、周りのママ友さんからは、母親の前だからかもしれないが、優しい、優しいとよく言ってもらったし、いつも引っ付いてくる友だちもいたし、毎年バレンタインにはラブレターをもらってきたりして、私の自慢の息子だった。頑張りやさんだった。

時には、友だちとの諍いもあったが、私は子どもとして特別なトラブルだとは思っていない。有り難いことに、幼稚園の頃は、子ども同士のトラブルを「お互い様」と思っている保護者の方が多かったように思う。

時にはお友だちとの距離感が分からず、お友だちの目を指で突きそうになったこともある。先生に報告を受け冷や汗をかいたしクレームもあったが、「何もなかったし、そんなに気にしないで。場所が場所だったからこれから気をつけてもらうつもりで言っただけ」と言ってくださったママさんもいらっしゃった。

別のお友だちを登園拒否にしてしまったこともある。前日何かで言い合いをして、このお友だちに「帰れ！」と言ってしまったらしい。そのお友だちはその日本当に教室へは戻らず、翌日も行かない！ときかなかったそうだ。原因が何かは分からないが、「帰れ！」はいただけない。そのお母さんにも電話をし平謝りしたが、「大丈夫、大丈夫！　多分息子も機嫌が悪かったんだと思うし、眠たそうだったから行きたくなかっただけだと思う」

と笑って許してくださった。

お友だちとの「叩く」トラブルでは、本人はじゃれているつもりでも小さなお友だちには堪える。先生がその場で息子の力が強いことを何度か説明してくださったおかげで、少しずつ手加減することを覚え、笑いながら背中を叩こうとして「これがアカンねんな！」と言いながら手を止めることができた息子の姿を私も間近で見たことがあり、我が子の成長に胸が熱くなった経験もした。

楽しい幼稚園生活は、もちろんトラブルばかりではない。

私がとても印象に残っている嬉しい出来事のひとつは、やはり女の子からのラブレターだ。可愛いラブレターの中でも特に嬉しかったのは年中さんの時。手が生まれつき不自由な女の子から「まーくんスキ」という鏡文字になった絵付きのものを貰った。それを読んだ時はその女の子が頑張って書いてくれた嬉しさと、我が子が偏見なくその子に接していたという嬉しさの両方が入り混ざったとても幸せな時間だった。

当の本人はまったく気にも留めず、こちらは苦笑するしかなかったのだけれど。

他にも幼稚園の三年間、ずっと同じクラスだった女の子で息子のことを気にかけてくれていた女の子が一人いたのだが、そのママさんから可愛いエピソードを聞いたことがある。

我が家の近くに子どもたちから人気の公園があるのだが、以前女の子がその公園へ遊びに行った時に息子と一度出会ったらしい。そしてある日たまたま何かの用事で延長保育を受けず父に息子を迎えに行ってもらった時のこと。幼稚園の帰りその女の子と友だちの間で、息子に会いたい、以前に会った公園にいるかもしれない、という話になり、私服に着替えたあと夕方までその公園で待っていたが結局会えず、一緒に行ったお友だちと二人で泣いてしまったことがあるという。女の子のおませなエピソードが可愛らしく、また女の子の成長に感動し、そして我が子がそうやって慕われていることに親としての幸せを感じ、また我が子を誇らしく思っていた。

遊びではモノを作ることと体を動かすことが大好きな息子は私が迎えに行った時、廊下を走り回っていなければレゴブロックで何かを組み立てていることが多かった。静かに部屋で遊ぶ日に息子の先に見た、幼稚園のレゴブロックを使ってすさまじい集中力で作った大規模な「街」。こだわりも強く、何度も何度も気に入らないところを作り直す。

息子は何かを組み立てることが好きだったので、保育の自由時間などにはよくペットボトルなどで創作物を作ったりもした。

ある日お迎えに行った私は、私の丈ほどもある息子の創作物を眺め、途方に暮れながら自転車を押して持ち帰ったこともある。助かったのは、先生方が「普通はすぐにセロテープとか剝がれてしまうんですけど、まーくんのはちゃんと外れないようにテープが貼られているんですよ！」と誉めてくださるように、途中でバラバラにならなかったことだ…。

そういえば理解は小さい頃から早かった。年少さんの一月、私が肺炎で一ヶ月入院してしまったことがある。ある日、翌日公園に自転車の練習をしに行こう、という話になったようで、練習の前夜、父の膝をサドルに例え、バランスを崩したら足で体を支えるんやで、と言いながら、イメージトレーニングがてら、わざと膝を揺らして遊んだそうだ。そして翌日、自転車の補助輪を取り父と二人で大人の足なら一分という場所にある公園へ練習に行ったらしいのだが、公園へ着く頃には、もう自転車に乗れていたそうだ。昔から自転車の練習は苦労するのだろうなと想像し、目の前で乗れた時の喜びを楽しみにしていた私にとっては、いきなり送られてきた写真の自転車を操る息子の姿は、嬉しいやら寂しいやら複雑な思いではあったが、話を聞いて、何と理解の早い子どもだろうと、たいそう感心したものだ。

ペットボトルの創作物もきっと、どうすれば壊れないのか、と論理的に考えることが得意な彼なりに考えて作ったに違いないと思う。

ところで息子の通った幼稚園には、教室と園庭との間に長い廊下があったのだが、廊下と園庭の間には、どこからでも靴を脱いで教室へ移動できるように窓や扉や壁は一切なかった。

ブロック遊びをしていない時は廊下をキャッキャと笑いながら楽しそうに走り回る。延長保育は普段一階の教室を使っているのだが、二階の教室にも先生方が翌日の準備などで遅くまで残っていらっしゃることが多かったので、電気は灯っている。

私が迎えに行くと、楽しそうに逃げ回ったり、年長さんの時などは「ママ、来てー！」と言って校舎の南端の階段を二階へ駆け上がり、二階の廊下を北の端のほうにある自分の教室まで走ると担任の姿を確認して引き返し一階へ駆け下りる、ということを毎日のようにしていた時期もある。ある時は私と二人で、またある時は一緒に残っているお友だちを道連れに。息子の友だちはみんな元気だ。走り回ることが大好きな子どもが多く、息子とよくじゃれて遊んでいた。

体を動かすことが大好きだった息子にとって、この幼稚園は楽園だったに違いない。

かといって大人しいお友だちがいなかったわけではない。保育園からのお友だちにも大人しい男の子がいた。大人しいというより、人見知りか。目線の高さを合わせて声をかけると、話したいことをたくさん話してくれる、笑顔の可愛いお友だちだったが、息子がその子とたくさんおしゃべりしたとは思えない。それなのにその男の子は息子のことを好きでいてくれたようで、家でよく息子の名前が出たようだ。有難い。

幼稚園の頃に何度か担任に言われたのは、個人懇談で保護者の方に家で一番よく出るお友だちの名前を聞くとまーくんが一番多いです、と。

参観などで「弥山征佑輝の母です」と挨拶すると、ママさんの中には、「あっ！ まーくんのお母さんですか！ まーくん、まーくん、ってうちの子がしょっちゅう言ってます」とにこやかに挨拶を返してくださることもあり、とても嬉しく思ったものだ。

延長保育のない子どもたちは保育が終わると帰宅するのに、毎日夜まで延長保育で寂しくないかな?と胸を痛めることもよくあったが、体を動かすことが好きな息子は大きな幼稚園で日が暮れるまで走り回れるこの幼稚園が大好きで、迎えに行ってもしばらくは帰らないことが多く、本当に毎日楽しく幼稚園に通ってくれていたので安心して私も仕事をすることができた。母にも、「母子家庭だからアンタが稼がなくちゃ。会社に迷惑かけないように」としょっちゅう言われていたため、父にお迎えを頼むことも多かったので、父も「まーくんのおじいちゃん！」と子どもたちやママさんから挨拶されることが多かったそうだ。こうして私が残業で遅くなっても「ママいつもおそくまでおしごとしてくれてありがとう」という手紙を息子もくれたりと、とても理解のある子どもだと思っていた。ただ、やはり小さな子ども。いくら幼稚園が楽しくてもきっと寂しかったのだろうな、と切なく思うこともあった。冷静に考えてみると「ママいつもありがとう」という手紙も、無意識のうちに息子は自分へ言い聞かせていたのかもしれない、とも思う。

それでも私は遅くのお迎えになってしまうのだが、息子はよく廊下から靴も履かずに園庭側へ下りたり廊下に戻ったりしながら友だちとはしゃいでいた。注意すると余計に面白がって靴下のまま園庭側へ下りる。どうりで真っ白の靴下が、毎日真っ黒になる訳だ。

ママさんとの会話は、靴下の汚れが良く落ちるのはどの石鹸か、という話題で盛り上がる。あまりにも汚れるので洗濯板を買ったほど毎日靴下の洗濯には頭を悩ませていた。

幼稚園には朝にも預かり保育があり、預かり保育担当以外の先生や実習の学生さんたちが毎朝総出で水拭きや園庭の掃除など一斉にしてくださるのだが、大所帯の子どもたちが前述のように廊下の上や下を駆け巡るので毎日靴下は真っ黒だ。私なら「拭いても一緒！」と諦めそうな掃除を毎日毎日、子どものためにしてくださるのは、いろんなことに対してマンモス幼稚園の割に気配りが行き届くこの幼稚園の、子どもたちを見守るとても素敵な姿勢の表れで、いつも頭が下がる思いだった。

お迎えに早く行けた日も、いつも息子がやりたいことを一通り終えるまでは声をかけてもスルーされた。息子の頑張る姿を「親の言うことをきかない悪い子」ではなく、今は集中しているから頑張らせてあげよう、としばらくの時間静観する毎日だった。それでもどうしても止めそうにない時には、「今日はすごく頑張ったからこれが終わったら帰ろうね？」と何度か声をかけ、無理矢理止めさせようとはしなかったように思うが、それが良かったのかどうか。今でもやりたいことを終えるまでこちらの言うことを聞かないのは、幼稚園時代の私の育児の賜物かもしれないと思うことがよくある。

夏場は迎えに行っても、お母さんがお迎えに来た他の子どもたちと一緒にまた園庭の遊具へ遊びに行ってしまい、最後はママさん達が半分怒りながら呆れながら帰宅を促し帰路につくことも多かった。

そして息子は、年長さんの頃には帰りも私の自転車には乗らず走って帰る、本当に体を動かすことが大好きで活発な、そして優しい男の子だったのだ。

ある日の帰り道では突然「町をキレイにしよう！　大作戦！」が始まったこともある。恐らく幼稚園でゴミを拾おう、というお話があったのだろう。お迎えに行った帰り「ゴミを入れる袋ある？」と言い、何かの時にと息子の鞄に忍ばせていた買い物袋と、たまたま私が持っていた買い物袋をそれぞれ片手に持ち、幼稚園から自宅まで、ゴミを拾いながら歩いて帰ったのだ。ゴミを拾いながら歩道が綺麗になる度に嬉しそうに充実感を滲ませる。子どもの足では、二十～三十分ほどかかる道のりで、歩道の植木の中に隠れた空き缶やお菓子の袋、紙の切れ端、買い物袋など、いろんなゴミを集めた。軍手もなくトングもない。ひたすら素手で集めたゴミを見てご満悦の息子。綺麗に見える町のゴミの多さに驚きながら良いことだから、と付き合っていた私も一緒にボランティアをしている気持ちでなんだか心が温かくなる。やりたい！と思いついたら、もうこっちが折れるしかない。止められない。今すぐにやりたいのだ。その気持ちの止め方をこの子はまだ知らない。そしておそらく、想像することが苦手な息子は、目に見えてゴミがなくなり綺麗になる歩道や、どんどんゴミが増えていく買い物袋を見て成果が非常に分かりやすかったのだろう。自分の「できた！」が形として現れることが嬉しくて仕方なかったのだと思う。だが、その時はただただ息子の正義感が強く、強い意志を持っていることを誇りに思っていた。

正義感の強さは、悪く言えば空気を読まず、良く言えば損得関係なく純粋に発動された。相手が知らないおじさんであっても、親しい友だちであっても、判断は彼が「良いことと思うか、悪いことと思うか」であった。おそらく彼の辞書には「見て見ぬふり」という言葉はなかったのだろう。例えばショッピングモールで知らないおじさんが順番抜かしをすれば「アカンで！　順番やで！」と言う。小さな子どもがエスカレーターに向かって走っていると「そっち行ったらアカンで。危ないで！」と止める。

その正義感は、時に私たちを救い、時にハラハラさせた。「もうほんと、お節介ですみません！」と言いたくなることもあるし、前述のように心温まることもある。ちなみに私は総じて今のところ、これは彼の長所だと思っている。

幼稚園では、体育会のお遊戯も保育園の発表会と違い笑顔で踊っていて、子どもたちをやる気に持っていくことがとても上手だったなと今でも印象に残っている。もちろん子どもの成長も大いに影響しているが、保育園では仁王立ちだった音楽会も幼稚園では戸惑いながらも何とかやりきった。学年ごとの音楽会は、なんとも迫力のあるものだった。

年少さんの可愛い掛け声、声の揃ってきた年中さん、そして楽器もたくさん使って練習を頑張ったと分かる演奏・合唱を披露する年長さん。

息子も年長の時の劇発表では、最初のセリフを任せてもらったりと、保育園時代から目覚ましい成長を見せてくれた。

ちなみにこの幼稚園では、体育会や幼稚園まつりには卒園生が参加できる時間や催しものが準備されていた。先生方も、卒園生の参加を楽しみにされていたようだ。毎年たくさんの卒園生が訪れる。息子も低学年の頃は体育会や幼稚園まつりにはよく参加していた。今でも「楽しかったなぁ～」と幸せそうに思い出を話すことがある。

息子は誰に対しても分け隔てなく接する。困っている人を助け「差別する」ということはしない。誰かをいじめる、という感覚も持っていない。そういう長所を子どもたちも感じるのかお友だちの中には、息子のことが好きすぎて抱きついてくる子どももいた。保育園からの友だちもよく「スキ～!」と言ってくれる一人だった。その他、幼稚園で二年同じクラスになった男の子も、「まーく～ん!」と言って抱きついてきていた。ついでにママさんも抱きついてくれた。距離感が近い人を息子は少し苦手とするが、この二人の友だちとママさんのことは苦笑いしながらも、いつも嬉しそうな顔をしていた。

ただ、三年間でそれぞれ違う担任の先生に受け持っていただいたが、毎年先生方は口を揃えて「自分の気持ちを伝えることが苦手」とおっしゃった。

ちょっとした子ども同士の喧嘩でも、先生方は双方の言い分を聞いてくださるが、相手の言い分を聞いてその時まーくんはどう感じたの?という話になるとだんまりになったそうだ。先生方は息子の性格を理解し、相手の言い分が必ずしもすべてではないことを分かってくださっていたが、相手や周りの子どもたち、また保護者の方は、相手の言い分が正しいのだと思ってしまうこともあったし、今後もそういうことで損をすることが出てくるだろうと思う。先生方は一様に「少しずつ自分の気持ちを伝えられるようにしていきたいと思っています」とおっしゃった。

こんな風に、遊びの中では元気でリーダーシップも取れるのに、こと自分の気持ちを表現することはとても苦手だ。小学生に上がってからは、自分に自信がないことを何度も伝えてくれる。でも幼稚園の頃は息子自身、なぜ自分の気持ちを伝えられないのかも分からなかったのかもしれないし、自分の気持ちは分かっていても伝え方を知らなかったのかもしれない。友だちとの関わりの中でどこか違和感を覚えていたのかもしれない。私たちには自信に溢れているように見えた日常にも、息子の心には不安や葛藤がたくさんあったのかもしれない。思い返すと幼稚園の参観でもいつも子どもたちが楽しそうに集まって歌を歌ったり先生の読み聞かせに聞き入っている中、息子はいつも集団から少し後ろに離れて全体を外から客観視しているように、その集団との間に見えない壁があるかのように、居心地悪そうに眺めていた。

その頃はなぜみんなから離れているのかと聞いても「なんとなく」というようなことしか言わなかったが、集団でみんなと同じことをしたり、黙って先生の指示を一方的に聞くことが苦手だと分かった今、毎日元気一杯に通っていた幼稚園でさえ、どこかに居心地の悪さを抱えていた時間があったのかもしれないということは容易に想像できる。

息子は基本的に外での出来事をあまり話さない。これは保育園の頃から現在まで一貫している。だからこちらから、「今日は何をしたの?」と聞くのだが「何もしてない」と返事がくる。一日中幼稚園にいて、走り回って、歌を歌い、お絵描きをしたり、たくさんのことを学んでいるのだ。何もしていない訳はないのだが、息子にとっては「何か特別なこと」がなければ何もしていないことになるらしかった。何かイベントがあっても、例えば焼き芋を作っても、「あー、そう言えば先生が（作っていた）」という冷めた反応をすることが多かった。先生も甲斐ないなぁ、と当時は思っていたが「幼稚園、楽しかったなぁ～!」という言葉には、潜在的ではあるかもしれないが息子の好奇心を満たしてくれる行事が散りばめられていたのだと思う。

ところで、最近は「小学校に入学するまでにひらがなを読めるようにしてください」などと先生に言われたりする。どうすれば好奇心をそそることができるのだろう? 仕事をしながら、そんな時間取れるのかな?などと心配していたのだが、前述のようにひらがなとカタカナは『きかんしゃトーマス大図鑑』で覚えた。そしてなんと、漢字は『ウルトラマン大図鑑／円谷プロダクション』（ポプラ社）で自然と覚えてくれたのだ。この時改めて、本って凄いな!と、楽しみながらいろんなことを身につけることができる本のパワーを身をもって感じ、本好きの子どもになると、学習面で親は楽だな、とも思ったものだ。

実は昔、私のいとこが大学時代に「勉強って楽しい！　なんでみんな嫌いって言うのか分からない。知らないことを知るって、ほんとに楽しい！」と熱弁していたことがあり、当時は雷に打たれるほどの衝撃を受けた。私は本当に勉強が嫌いで、「勉強は嫌なこと」としか思っていなかったからだ。だから、そのいとこの言葉をずっと忘れずにいた私は、勉強が好きな子どもになれば、学校も私が感じていたよりずっと楽しい場所になると考えていた。どうすれば勉強好きの子どもに育つのか考えた私は、「勉強しなさい！」「勉強はしなければならないもの」「学校に行けば『勉強しなければならない』」というネガティブな言葉を一切かけないことにした。幼稚園の頃には「知らないことを知るって楽しいね！」と説教っぽくならないように本気で言うようにした。どのようにしたかというと、伝えようとすると説教っぽくなるので、「本気でそう感じる」ことを大切にしたのだ。父が「学校行ったら勉強せなあかんから…」と話した時も、会話を制して「新しいことを知れるね！」などと言い替えた。その結果、有難いことに入学を楽しみにするようになり、幼稚園の頃から計算や漢字を湯気で曇った風呂場の鏡に書く「クイズ遊び」などで「解る喜び」を身につけていった。

ちなみに父が私を参考に同じことを話すと息子は怒ったり不機嫌になることが多い。例えば「この問題解ったらすごいなぁ！」と言った時、言葉をなぞっているので息子には「この勉強をやってみなさい」のように聞こえるのだろう。

生きてきた時代が違うのだから、父がうまく対応できないことを個人のせいにばかりするつもりは毛頭ないが、「言霊（ことだま）」という言葉があるように、やはり声に出す言葉の持つパワーが人に与える影響とはスゴいものだ。

◆入学～不登校になるまで

・入学と凸凹の表面化

不安や期待を胸に、息子はあっという間に小学生になった。

四月に入ると、幼稚園入園当時と同じく預かり保育に入った。

幼稚園と大きく違ったことは、建物の大きさと遊び方。小さな子どもが喜ぶような遊具は数が減り、ドッヂボールが外遊びの主流となった。その他、いろんなルールを自分達で決めて鬼ごっこをしたり、クラスでは長縄跳びをしたり、遊び方は様々だ。


学童保育の建物は学校により様々だが、大所帯のところは二階建ての建物であったり、校舎の一画を借りているところもあった。息子が入所した学童保育は校庭の一番奥にある、少し大きめの居間くらいの大きさで部屋が一つだけの建屋だったため、毎日来ない子もあわせて在籍者は四十人にも満たなかった。今までの幼稚園とは正反対で、朝からの預かりでも一日雨が降るとその部屋からは一歩も出ずに帰宅まで過ごさねばならなかった。もちろん大半の子どもたちはそれでも屋内での楽しみを見つけ、ゲームや将棋、読書やけん玉をして過ごしたのだが、息子は今までとのギャップに気持ちの切り替えが難しかったようで雨の日は特に苦痛だったようだ。最初は頑張って行っていたが運悪く雨の日が続いた時には環境の変化に馴染めず、学童保育に行きたがらなかった。幸い一学年上に同じ幼稚園出身で預かり保育ではとても仲が良かった男の子がいたので、その男の子がいるから、と説得して行かせたりもした。

だが息子は学童保育とは別に小学校生活でも最初に躓いてしまう。原因は副鼻腔炎、昔でいう「蓄膿症」だ。実はその年の初めから咳が治らず、卒園を目の前にした三月、小児喘息と診断された。ついにきたか！と思った。というのも、息子が生まれる前に息子のパパから「うちの家系は男が全員小児喘息やから、もし喘息になったらオレのせいや」と聞かされていたのだ。また私の家系も気管支はあまり強くないので、我が子が小児喘息と診断されても全く不思議ではなかった。

その小児喘息の症状が悪化したのは、入学式直後だった。昼頃になると発熱し、担任や学童保育からお迎えの依頼電話が入り私の父が迎えに行ってくれたりと、学校に馴染む大事な時期にじっくりと新しいお友だちと向き合う時間を削がれ、クラスに馴染めないでいた。あれほど走ることの大好きだった息子が外遊びを嫌い、元々本好きだったこともあり休み時間には一人で図書室に通うようになったようだ。当時は小児喘息の薬を飲んでも思うように改善せず、どうしてなのかが分からなかったのだが、私自身が副鼻腔炎で通院しており、ゴールデンウィークにさしかかる頃頭痛も出始めたため、ようやく副鼻腔炎を疑い始めた。

父に病院へ連れていってもらい、症状や服薬状況を話したところ、小児喘息と併せてやはり副鼻腔炎も発症しているという診断だったのだ。

小児喘息と副鼻腔炎は、症状も似ているため、息子の場合は薬も同じもので良かったのだが、小児喘息の治療で症状が改善しない場合には次に副鼻腔炎を疑うらしい。そして耳鼻科でお馴染みの鼻と口の吸入器で治療を開始、ようやく快方へ向かうことになった。

入学式直後から学校へ行きたがらなくなっていったのだが、こういうことがあったので体調が優れないせいだと思っていた。私の母は今でもそう思っているかもしれない。それほど入学当時の体調不良と息子の変化はリンクしていたため、息子の不登校に繋がる根っこの部分をここでも見落としてしまっていたのだ。心のどこかで、「じっと座っていることが苦痛なのだろうな」と思っていたのにも関わらず、幼稚園時代の甘えのようなものが残っているのだろう、とすら感じていたのだ。そして、母の「体調不良で馴染めなかったんじゃない？」という言葉に、あぁなるほどそうかも、と思ってしまったのだ。

ところで私たちの住む地域では集団の登下校が基本的にはない。恐らく理由は集団登校ができるほどの児童がいないからだ。同じ小学校でも地域によっては集団で登校しているところもあるのだが、子供会も町内会もない私たちの町では、子どもたちは近所の友だちと待ち合わせをして登校するか、一人で、または兄弟姉妹で登校するのが常であった。小学校へは親が登校に付き添うことは恥ずかしいことだと考えていた私と私の両親は、近所にも友だちがいない息子を何とか玄関から送り出して一人で登校させていた。保育園や幼稚園で仲の良かったお友だちはみんな隣の校区だったため、マンモス幼稚園であったにも関わらず同じ小学校には、遊んだことはある、クラスは一緒だった、というくらいの友だちばかりで家も近所ではなかった。私も何でも聞ける頼れるママ友さんが小学校ではまだいなくて不安だらけだったのだが、一学期の最後の懇談で保護者の方々のふりかえりを聞いていると、意外と登校を嫌がっていた子どもたちは多かった。また登校を付き添っていた親が多いことに驚き、少しホッとした自分がいた。登校を嫌がるのはうちだけじゃないんだ、入学直後にはよくあることなんだなという安心感と、付き添っても恥ずかしくないんだという安心感。そして慣れない環境へのストレスを思いやることなく、和らげることなく突き放していた自分への憤り。いつも寄り添ってあげたいという思いとは裏腹に、息子のことを何も理解していないという親としての至らなさを恥じた。

私は二学期以降、この一学期の自分の対応を後悔することになる。一学期から他のお母さんたちのように付き添ってあげなかったから、その時に頑張った疲れを二学期以降もズルズルと引きずったのではないか?と。もっと早くから息子の気持ちに寄り添って一緒に登校していたら、息子の頑張るパワーをもう少し蓄えられたのではないか？　ここまで登校することを苦痛に感じることもなかったかもしれない。

そして父親がいれば、あんなこともしてあげたかった、こんなこともしてあげられただろうに、と今更考えてもどうにもならないことで気分が沈む。

だが息子が赤ちゃんの頃、父に言われた言葉を思い出す。

「これからは泣くな」

母は強い人だ。歯を食いしばり、辛いことも泣かずに乗り越えてきた人だ。貰い泣きと嬉し泣き以外の悲しい涙、悔しい涙を見たことがない。自身赤ちゃんからの付き合いである父親ですら、「お母さんの（ネガティブな）涙を一度も見たことがない」と言った。お母さんを見習え、と。

恐らく、頼れる親がいなかった環境下でそうするしか自分の心を守る術がなかったのだろう。あるいは私が出生前検査の結果を待っていた時のように、無意識のうちに悲しさや苦しさを感じないようにしていたのかもしれない。父の意見を全面的に受け入れた訳でも、母を否定する訳でもない。私はそんな強い母には理解してもらえなかったが、尊敬はしている。強く賢く、そして頼れる母だ。そして父親の言うとおり、めそめそしている訳にはいかないのだ。泣き上戸の私も息子と出会ってからふと気づくと、母のようにはいかないが、怒り、悲しみ、悔しさのようなネガティブな気持ちになるとすぐに布団に潜って泣く、ということをしなくなっていた。これが母になるということか、と思うことがある。

私はすっと目線を上げ今息子にしてあげられることは何か、に思いを馳せた。

こういう時も、私の脳裏に浮かぶのは「選ばなかった道はなかったも同じ」なのだ。

後悔先に立たず、とは子どもの頃から口を酸っぱくして母から教えられたはずなのに私には残念ながらこの言葉ほど心に響かなかった。だがなぜかこの言葉はいつも私を勇気づけてくれる。友だちが、恐らくベストタイミングで私に伝えたのだろう。本当に感謝しかない。

二学期に入ると私は息子と一緒に登校することにした。すると息子も少し登校が楽になったように思う。

大抵は、私が自転車のハンドルを掴む手の上に、息子が手を重ねて歩いた。ある時は、後ろから自転車を押してくれ、またある時は、ペダルに片足を乗せて楽をして笑い、時にはランドセルを自転車の籠に載せ、自転車を押す私と次の電柱まで走って競走をすることもあった。途中で嫌がって立ち止まってしまうこともあったが、息子も私との朝のひとときを楽しんでくれていたのではないかと思う。

校門を入る息子を見届けた後、押して歩いていた自転車で自宅から学校とは反対方向の駅へ向かうということも、息子が楽になるなら、と踏ん張れた。

ただ遅刻ギリギリに何とか登校していた息子は当然、朝のチャイムまで外で遊ぶ友だちの輪には入れず、帰りも学童保育の学年の違う友だちと数人で帰っていたので、なかなか気心の知れた同学年の友だちとは出会えなかったようで、学校へ気持ちが向かない一因なのかな、と少し気がかりではあった。

小学一年生にして、授業をサボるようにもなった。サボるというと聞こえは悪いが、授業をあまり聞いていないようだった。それでも不思議とテストの点数は良かったので、見た目よりは先生の言葉が届いていたのかもしれない。

一年の担任はとても厳しい女性の先生で、参観の時大人の私でさえ「怖い」と思ったものだ。だが、厳しいなかにも子どもに寄り添う気持ちをとても強く持っていらっしゃるように感じた。馴染めない息子に対しても非常に理解を示してくださったのだ。こんな手のかかる息子でも、他の児童たちと分け隔てなく接してくださった。

実際に就学してから、息子の知識欲が学校での学習を上回っていることも分かってきていた。それゆえ授業に集中できず、また体調不良から休み時間も一人で遊ぶことが多く、学校への足取りが重くなっていたのだろう。少し大人びたところがあるので、同学年のお友だちがはしゃいで楽しめることをどこか覚めた目で見て一緒に楽しめないこともあったかもしれない。これは息子が友だちをバカにしていたとかではないと確信している。何故なら息子は友だちが大好きだからだ。同学年の友だちと同じ感覚で楽しめないのは、友だちにも悪い印象を与えるかもしれないし、本人にとってもとてもしんどい時間だろうと思う。不憫だと思うことさえある。実際、自分のことを友だちだと思ってくれている人はいない、と言っているのを何度も聞いた。友だちがいない、と。幼稚園のころから息子の周りには友だちがたくさんいたのに、だ。小学校に上がり、上手く友だちと馴染めていないとは感じていたが、本人もいろんなことを感じていたのだろう。友だちはできた？と聞くと決まって友だちはいない、と答えた。遊べる人はいるけど、友だちじゃない、と。私とは友だち基準が違うようにも感じた。

そんなことが溜まっていったのか、学校の勉強はつまらないと言い始めた。私が学校への期待を高めすぎたのだろう。きちんと学校での生活を説明していれば、また違う形で学校と関われたのかもしれない。

そんなことで私が後悔している間にも、有難いことに担任の堀口先生はどうすれば授業に集中できるかを考えてくださっていた。きっかけの一つになったのではないかと思うのは、息子が小学一年にして、授業中に「絵本を読む」ということを始めたことだ。教科書を読まずに図書室で借りた絵本を読んだ。それも堂々と机に置いて、だ。先生に注意されると今度は膝の上に置いて読んだ。それでも注意されると最後は床に置いて読んだそうだ。堀口先生が後日笑って教えてくださった。

またある時には堂々と居眠りをした。

「テストのあと残った時間に寝てしまって。揺すっても起きなかったので、イビキもかいてなかったことですし、そのまま寝かせておきました」

と、疲れていたのでしょう、と笑って知らせてくださった。

堀口先生が苦笑気味ではあったものの笑って報告してくださったおかげで私は救われたのだが、同時に不安も募った。先生の話を聞いているとまるで反抗期の中学生のようだ。

息子の考え、感じていることが分からない。小学一年生の息子が中学生のような行動をするのには、何か理由があるはずだがそれが何なのかがさっぱり分からない。強いていうなら「マイペース」だということか。自分の行為が良くないと分かってやっているのか、それともそもそも授業中に他のことをしてはいけないと理解していないのか。

先生とは連絡を取り合い、他の児童たちより早く問題を済ませた時には違うプリントを渡してくださるようになったのと、絵本を読むことも少し隠れてなら目を瞑ってくださるようになった。

堀口先生は児童のことをよく観察されていて、分からないことは毎週来られるスクールカウンセラーの先生にいつも質問してくださっていたそうだ。

ある時、「専門の先生に診ていただくのはどうでしょう?」と言ってくださった。当時は生活習慣などを改善するために言ってくださっていると思っていたのだが、すでに発達障害を疑われていたのだろうと思う。そのお話のあった時、先生も「社会性の遅れ」を心配されていたのだ。息子はランドセルの中の物を探す時、全部ぶちまけて探す。普通この探し方をするのは幼稚園児だそうだ。小学生になると、ランドセルの中に手を入れて探すらしい。そう言われてみれば自宅でも探し物は大の苦手だ。自分の視界に入らなければ「見つからへん。探してぇ」と言う。買ったばかりの消しゴムを失くすのは当たり前。自分の消しゴムはないのに友だちの消しゴムは持って帰ってくる。お便りを自分から出してくれることもほぼ皆無だ。何度話しても変わらない。さすがに友だちの消しゴムはほどなく持って帰らなくなったのだが、自分で「こうしなきゃ！」「こうしたい！」と思わない物事に関してはため息が出るほど改善しない。

更に一年生の二学期頃から、息子は「死にたい」「生きている意味がない」と話すことが出てきた。自暴自棄になっているような、助けを求めているような、そんな心の叫びであった。みんなは頑張れるのに。ボクは頑張りたいと思っているのに頑張れない。みんなが普通にできることがボクにはできない。きっとろくな大人にはなれない。ボクが生きている意味があるの？　生きている価値は、あるの？

ある時、ポツリと「なんでボクはみんなみたいに頑張れないんだろう…」と溢したことがある。その声はとても、とても悲しそうで切なく、胸がギュッと痛んだ。

みんなは頑張れているのに、なんでボクは。

心の叫び、苦しさがひしひしと聞こえてくるこの言葉は、どうしてあげれば楽になるのか、生きやすくなるのか、考えても答えが見つからない私にとっても、容赦なく鋭く胸に突き刺さってきた。

それまで私は、どうすれば遅刻が減らせるのか、どうすれば食べ歩きを減らせるのか、どうすれば…と親サイドでばかり考えていたのではないか。また、息子が「やってほしい

（やるべき）ことをやらない理由」を、本人の立場ではなく「きっとこういうことなのだろう」と大人の解釈で判断していたのではないか。いや、息子の気持ちも時々訊ねてはいたが、もう少し踏み込んで心の痛みをもっと知り、理解するべきなのではないか。もちろん我が子が辛い思いをしている理由を推測し、我が子を思いやる気持ち全てが間違っている訳ではない。だが、本人の気持ちをこちらが憶測で判断しすぎることは危険だ。

私も母に「あんたはこういう性格だから、こう考えているに違いない」というように断定的に言われた経験もあり、その時には親に理解してもらえない悔しさや虚しさを抱いたものだが、自分も我が子に対して同じことをしているのではないだろうか。

親に自分の全てを見せている子どもなんて、そう多くはいないだろう。それなのに我が子のこと全てを知っているかのような言動は、ただ我が子を自分の思い描く枠にはめているだけの、妄想ではないのか。我が子を苦しめてはいないか。

これまで「できないこと」でこんなにも息子自身が心を痛めているとは殆ど考えなかった。やりたくないことから逃げている、やりたいことを優先させる。その結果が「できない」に結び付いているのだから、できなくて機嫌が悪くなるのも、息子がそれを選んでいるのだから、という気持ちが頭のどこかであったのではないか。だから息子の本当の気持ちに気づかなかったのではないのか。

この頃から、息子ができないことを、一体彼はどんな風に捉えているのだろう?と意識して考え、また訊ねるようになっていった。

既述のように息子は自分でも、やらなければならないことをできていないという意識があったのだ。「自分なんてどんな大人になってもいいんだ。もう自分の人生どうでもいい」と毎日のように言っていたこともある。無気力で、担任の堀口先生も「小学一年生の表情ではない」と何度もおっしゃり、心配してくださっていた。息子はみんなのように一緒に頑張りたいのにできないことを情けなく思い、自分が傷つかないように強がって見せ、また自分が傷つかないように心に蓋をしていたのではないか。

そこで何度か吃音などで相談をしたカウンセリングセンターへ行ってみた。カウンセリングの担当さんの話では、学校のことについて息子は一時間目が国語や算数の時は「遅刻してもいいかな?」、運動会の練習だと「遅刻したらまずいな…」と思っていることが分かった。特に得意な算数に関してはどうしてこんな（簡単な）問題をしなくちゃならないのか?という気持ちが強いらしく、授業に参加するのが苦痛のようだと教えてくださった。息子さんは枠にはまることを好まないようだから、授業に間に合うようなら、少し遅刻してもあまり強く叱らず今のまま行けば良いと思います、という話であった。またこのセンターの方針として、子どもを注意する際、低学年は真面目に、中学年になるとユーモアを交えてするのが良いと以前から聞いていたのだが、息子は知能が高いため一年生ではあったがそろそろ「ユーモアを交えて」を始めても良いのではないかと助言された。

そんな話も堀口先生と共有し、先生もスクールカウンセラーの方から聞いた話を教えてくださったりと情報交換しながら一年を過ごした。お忙しいのによくしてくださったと、本当に感謝している。

堀口先生はまた、次年度の担任への引継ぎ資料を作成してくださった。最初はクラスの児童全員分だと思っていたのだが、ひょんなことからそうではないと知った。先生に確認すると「学習が遅れている訳でも非行など生活態度が悪い訳でもないが日常の学校生活に困っている子どものうち、保護者と目指す方向性が同じ児童」に対して今年度から実施することになったのだと、少し口ごもりながら教えてくださった。

「他のこと（勉強や会話）が問題なくできるから、つい全部ができると思ってしまう」ともおっしゃっていた。

きっとこの時すでに「発達障害」すなわち「発達の偏り」の可能性をかなりの確率で疑っていらっしゃったのだろう。だからこその丁寧な指導であったのだろう。ある時先生が「征佑輝くんは、変に誤魔化そうとするよりも正直に話した方が伝わりやすいみたいです」とお話ししてくださった。体育館で開催される図工展の見学時間が子どもたちに設けられた日、ランドセルは廊下に出しておくように、という指示だったそうだ。それについて、他の子どもたちは先生の指導に素直に従うのだが、息子の場合はそれに異義を唱えたらしい。「また教室に戻ってくればいいやん。何で廊下に出しておくの？」と質問したそうだ。その際、「先生は職員室に戻るから教室に鍵をかけたいねん」とおっしゃっても、「なるほど、そうなのか」とはならず、「そしたら鍵かけて、（僕らが）戻ってきた時また開けに来たらいいやん」と言われたそうな。このため「先生、会議があるねん。途中で鍵開けに来たら会議が止まるやろ？　だから鍵開けに来たないねん。先生も忙しいから」と正直に言うとすんなり納得したそうだ。確かに私もなるべく誤魔化しはせず、正直に話すようにしてきた。子ども騙しはせず子どもとなるべく対等に向き合いたかったからだが、息子はきっちり説明すると理解できることが多い。たまたまだが、私は息子の理解のしやすい言い方をしていたようだ。

堀口先生の話を聞いて、児童をとてもよく観察してくださっていると有り難く思うと同時に、言い方によって理解できること、できないことがあるのだと改めて感じ、私はどこまで息子のことを理解し納得できる話し方ができているのだろうかと考えるきっかけにもなった。

一年生の時は何とか授業には遅刻せず通うことができたのだが、毎日ヒヤヒヤしたものだった。堀口先生の話では、入学直後は体調不良から一人でいることも多かったが次第に友だちができ、チャイムと同時に友だちと飛び出すこともあるということだった。元気に過ごしてますけどねぇ、と先生はおっしゃってくださったが、「学校楽しくない」と常に話す息子の心のどこかで学校生活の過ごしにくさを抱えていたのだろう。

二年生になると、担任は若い先生だった。最初は不安だったが担任の森先生はとても明るく、児童を纏めるのが上手な先生だった。この一学期は、苦労しながらも毎日遅刻の境界線をさ迷っていたが、頑張れば早起きもすることもできた。先生の提案で市が開催する「ちびっこチャレンジランキング」の「長縄跳び」にもクラスで楽しく参加した。

この長縄跳びは、大会ではなく記録を取ったものを提出して順位を決めるものだ。各学期に一度順位を決めるのだが、息子のクラスは「八の字飛び」に挑戦した。

先生が子どもたちのやる気を引き出してくださったおかげで、低学年の部で一学期は二位、二学期は同点首位、そして三学期はついに単独首位を果たした。

一人ではなく、クラス全員で目標を立ててやり遂げられたことは、児童たちにとっては何物にも代えがたい経験になったのではないだろうか。みんなで団結し励まし合いながら分かち合えた達成感は、今後の人生においてもきっと価値あるものになるのではないかと思う。

二年生の頃はそんな素敵で微笑ましい出来事もあるのだが、二学期にはいつまでも一緒に登校するのはまずいのではないかと思い、また私の代わりによく付き添ってくれていた父の疲労がいよいよピークに達してきたこともあり付き添いを止めてみた。

だが結局遅刻五十回という大記録を作ってしまい、三学期から私が再び付き添って登校することにした。

また二年の頃からやりたいことを優先しやるべきことはやらない、ということが次第に増えてきた。

改善するために、また達成感を味わわせてあげたいという思いからゲーム機のソフトが欲しいとねだる息子に遅刻を減らす、という課題を与え「達成できたら」という約束をしたこともある。だが小学生になった頃から、自分がやらなければならないことができなかった時、家族の誰かに責任転嫁することが出てきた息子は、相変わらずやりたいことを優先し、やらなければならないことができずに前述のような課題を達成できなくなり、家族のせいにするようになった。

「じいじが俺を怒らせたからやる気がなくなって達成できなかった」とか、「ママが声かけてくれなかったから宿題を決めた時間までにできなかったんだ」など、何かしら理由を作って自分を正当化するようになった。

これは私にも非があるのだ。私も小学生の頃から母親に対する言葉遣いができていなかった。大人になってからだが、小学校時代からの親友に「みやまんはお母さんへの話し方が昔からキツかったよ」と言われ、ハッとしたことがある。実際には私は我が家の厳しいルールの中で、母の監視のもと育ったのだが、聞いてもらえなかっただけで、言いたいことは比較的はっきりと言っていたと思う。我慢ができない時には爆発もしていた。それが自分のことではなく息子のことになると我慢の沸点が下がり、息子の前でもよく喧嘩をしてしまう。だから、息子も嫌なことは我慢せず言い返せば良いのだ、じいじやばあばに歯向かっても良いのだ、と学習してしまったのではないかと思う。

例えは悪いが、「家族と飼い犬」で言うと、「飼い犬」が息子とすると「主人」が私で「主人以外の家族」が父と母に当たるのではないかと思う。この家族の上下関係のいびつさについては私にも責任が大いにあり弁解の余地もなく、今でもまたやってしまった！と思うことがよくある。息子にはことあるごとに、父と母がどれほど家族を守ってきてくれたかを話すのだが、説得力に欠けるのか、なかなか理解してもらえない。

我が家は基本、よく叱る家なのではないかと思う。「こうしなければならない」という思いや「こうしたい」という思い。自分の気持ちを優先させ、自分の理想や希望に相手を嵌めようとする。その結果相手に苦痛を与えている部分が少なからずあるように思う。父のせいでも母のせいでもない。育った時代や環境がそうさせたのだと思う。

だが息子が二年生の年末、一緒に登校している時「絶対無理やと思うけど」と口ごもりながら「転校したい」と言い出した時には驚いた。聞いてみると「九九でもう一度誉めてもらえるから」という。どういうことかというと、息子の学校では九九を覚えると可愛い表彰状を貰えたのだ。算数が得意な息子はクラスで二番目に表彰状を受け取ることができたのだ。「転校したい」とは、どういう気持ちで言ったのか、子どものことなので確かなことは分からない。だが表彰状を受け取った時のことを懐かしそうにそして嬉しそうに話す息子を見ていると、家では何をするにもお尻を叩かれ、学校でも遅刻や準備の遅さで叱られている息子が「誉められたい！ 認められたい！」一心で小さな心と頭で考えた解決策に違いないと思われ、胸を撃ち抜かれるような心持ちだった。

今、息子は不登校になっている。その理由を、漠然とでも説明できるようになったのはつい最近のことだ。

したくないことはしたくないのだ。「単なるわがままじゃないか」そう思う人も多いだろう。実際、そういう部分もあると思う。でも、わがままではない部分、脳の機能により定型発達（障害のない発達）の人たちよりも、極端な判断をしてしまう部分があり、それを補うには人一倍の我慢と努力、そしてストレスが伴うのだということを私や家族を含めもっと多くの人たちが受け入れ理解し、協力してもらうことができればどんなに生きやすくなるだろう、とは思う。

ただでさえ自分で決めたルールや生活を変えにくい息子だ。家庭内での縛りがキツくなれば、今以上辛くなるだろう。そうならないように家族も痛みを伴うが変わる努力が必要なのではないかと思う。だが父もまた、自分でこうだと決めたことを変更するのが苦手だ。ここでガチンコが起こる。

今でこそ私はもちろん私の両親も、まだまだ至らないとはいえ息子の特性について考えながら、どうすれば過ごしやすいのか？ こちらの話を理解してもらえるのか？と試行錯誤しながら生活しているが、幼稚園のころは、ただただ成長が追いついていない、子どもだから大人の理解できることができない部分もあるだろう、いつかは理解できる日が来ると考え、分かりやすい説明や言葉を使ったものの、良い意味での「諦め」という気持ちは殆どといってもよいほどなかったような気がする。子どもってこんな風なんだ、うちの子はこんな性格なんんだ、と他の子どもたちとの違いも息子の個性だと思っていたがやはりできないことがあれば追いついてほしいという気持ちが芽生えてしまい、それを消すのは努力が必要だった。

私は母親の価値観に馴染めず、お互いの理解がなかなか進まなかった。母の理想をかなえる友だちや親戚などと比較されながら育ったため、時には辛い思いを経験したこともあり、否定と比較はしない育児を心がけてきた。息子は一人っ子なので兄弟と比較することはないが、やはり生活の中でうっかり「〇〇ちゃんはこんなことできるんだって！」と比較しているつもりではなくても、あるいは無意識に羨望の気持ちで言ってしまうこともあった。そんな時息子は明らかに不機嫌になり、私もハッと気づき反省することができたので息子の素直な反応は有り難かった。

そんな息子の生きづらさを感じ始めたのは前述の通り、小学生になってからだが、こうやって色々思い返してみると、不登校の前兆は保育園の頃からあったのだ。そう気づいた今、ほんの少しだけ気持ちが軽くなった。就学と同時に変わってしまった訳でも、入学で躓いた訳でもなく、持って生まれた特性なのだ。幼稚園時代までは、本当によく走りよく笑い、そして世話焼きだったが、先生の話を児童たちがじっと座って聞く、というシチュエーションが小学校に比べると非常に少なかったため気にならなかっただけなのだろう。本人も我慢できる範囲、幼稚園の先生としての許容範囲を超えなかったのだろう。

・不登校の前兆

二年生三学期の終わりごろ、子育てに関する通信教育をされている方に相談をした。やはり自宅での食事中にまだ歩き回ったり、自己肯定感が低かったり、忘れ物が多かったりと気になることが多く、これは一人で悩んでいても解決しないと思ったのだ。

その頃私は残業が多く、帰宅が遅くなることもしばしばだった。特に月初は仕事が多く、夜九時を過ぎることも珍しくなかった。そういう日は決まって息子の就寝時間も遅くなる。私の帰宅後、触れ合いを求めるからだ。我が家は二階建ての南向きの戸建てだが、南側には線路があり、駅から帰宅する時には、その線路を挟んで南側の道を帰ってくる。我が家を少し通り過ぎた所にある踏切を渡って帰ってくるので、部屋の窓から偶然帰宅の姿を見られることもある。父の話では私が遅くなると息子はよく二階の窓を開け、線路の向こう側を「ママ、まだかなぁ～」といつまでも眺めていたということだった。もう一階に行こう、と言ってもなかなか動かず、そう言われると切なくて強引に連れていけない、と父が溢したこともある。そんなこともあり、就寝時間はどんどん遅くなり、幼稚園の頃には私の父や母に寝かしつけられて寝ることもできたのに、いつの間にか私でなくては寝付かなくなってしまった。余程寂しい思いを抱えていたのだろう。我が家は最後に入浴した人が風呂掃除をするのだが、私が最後に掃除を終えるまで、ずっと寝ずに待つようになってしまった。

ある日息子はそのことについて「じいじとばあばからは『ひまひまエキス』が出て、ママからは『ねむねむエキス』が出るねん」と屈託のない笑顔で私に教えてくれたことがある。

小さい頃から布団の中で毎日のように絵本を読みきかせていたが、幼稚園年長あたりから、息子が大好きな『サンタクロースと小人たち』（偕成社・作／マウリ・クンナス・訳／稲垣美晴）という絵本を毎日せがまれるようになり、それから結局四年生の夏ごろまで殆ど毎日読み聞かせたのだが、小さい頃は父や母が寝かしつける時もこの絵本を読んでもらっていた。確かに私が読むと比較的すぐに眠ってしまったが、父や母が読むと本を一冊読み終えるほど寝つきが悪いことも多かった。

そこで入浴前に息子と相撲を取ったり、トランプをしたりして、一旦触れ合いの時間を設けてから入浴するようにしたものだから、就寝時刻は遅くなることがあっても早くすることは至難の業だったのだ。

そんなこともあり、一概に息子の特性だけで「生活リズムの乱れ」が起こっている訳ではなかったのだが、前出の育児の通信教育をされている方からのお返事には「発達障害」

の特性が分かりやすい動画や文章で説明されているインターネットのホームページリンクが貼り付けられていた。（https://www.adhd.co.jp/about/animation/defalt.aspx　〈現在閉鎖中〉）

こういう可能性もあるかな?と書かれていた。

そのホームページを覗いてみると以前育児で悩んでいたころに一度見たことがあるページだった。そこには以前にも閲覧した、発達に特性を持つ子どもの日常（困りごと）が収められていた。以前観た時にも息子とよく似ているな、とは思ったのだが、改めて観てみると、息子そのものであった。テレビやゲームに夢中になるとこちらの声が届かない、食事をしない。食卓にもつかない。友だちの消しゴムを持って帰る、など動画の中の男の子と息子は改めて見ても友だちとのコミュニケーションの取り方以外については本当によく似ていた。

そのほか発達障害に関するページを調べていくうちに、発達障害の検査をすることに気持ちが固まっていった。中には我が子が発達障害であることを認めたくない親もいると聞く。その気持ちは分からなくはない。我が子には苦労せず幸せになってほしいと思うのは当然のことで、我が子が生きにくさを抱えると認めたくないのは親として何ら不思議ではない感情だと思う。中には親の考えで敢えて調べない人もいる。

だが私は、息子の特性を早めに理解し、少しでも生きやすくなってほしいという気持ちしかなかった。

もし発達に偏りがあるなら、家族の理解が必要不可欠で最優先事項だと思ったからだ。

例えば最近はなくなったが、三～四年生の頃までの息子の忘れっぽさ。

ご飯を食べたかどうかを覚えていなかったり、お風呂に入ったかどうか分からなかったりという風に認知症かと耳を疑うような発言が多かった。最初は言葉を失うほどに驚いてしまったものだが、発達障害の人の中には「海馬」という脳の部分の働きが良くない人がいると知った。この「海馬」では、短期記憶、長期記憶を振り分けるそうだ。道ですれ違った人の顔をいつまでも覚えていないのは、この「海馬」で不要な情報だと判断されるためだという。お風呂に入っていても、一通り洗い終わり湯船に浸かっていると上機嫌で「あとは頭洗うだけやな!」と言い出したりする。そういう時は咎めたりせず、頭触ってみ? 洗ったでしょうか、洗ってないでしょうか?などとクイズ形式にして笑顔で応対すると、ニヤッと笑い「うん、まだ洗ってない!」ととぼけたりしていた。何も知らなければ「何言ってるの! さっき洗ったでしょ! アンタ大丈夫?」などと心ない言葉をかけていたかもしれない。私の両親にはこの話を説明していたのだが、そういう場面に遭遇していなかったようで、本気で取り合っていなかったようだ。私より何年も遅れて風呂場で洗礼を受けた母は後で驚きを隠せない様子で私に報告してくれた。

近所の小児科で発達検査をしてくれる病院があったので、まずはそこで検査をすることにした。幼稚園まではよく通った小児科医だったので、敷居は高くなかった。早速来院すると、簡単なアンケートを記入後診察室に呼ばれ、いくつかの質問を受けた。そしてドクターによると「恐らく注意欠陥性多動障害（ADHD）でしょう。自閉スペクトラム（ASD）も少し入ってるかもしれない」ということだった。もう少し詳しく調べましょうということになったが、検査は約三ヶ月待ちであった。急を要することでもなかったが、もし本当に発達の特性を持っているのなら発達に偏りがあるという検査結果が出たほうが私はもちろんのこと、同居する私の両親に息子への対応を説明しやすいと思っていたため、この三ヶ月は待ち遠しかった。

本人にはこの検査をどう伝えようか?と考えていたが、まず病院へ行く際には「ま一くんはできることは物凄くできるけど、みんなできてるのにできないこともあるやん? これってもしかすると『脳のつくり』が人と違うからかもしれんねんて。それを調べてくれるみたいだから行ってみたいんやけど、いいかな?」という感じで話したように思う。病院でも子ども向けに分かりやすく記載された冊子をくださったので、息子に渡すとその場でも帰宅してからも熱心に読んでいた。

その後友だちの家に遊びに行った際、そこのママさんに「ぼくは何かに集中し出すと止まらないらしい。だから本を読み出すと止まらないみたい。脳の構造がそうなってるんやって！」と説明したそうだ。本人なりにその冊子を読んで心当たりのある特性について理解したようだった。

また、三年生になるとこの発達の特性が顕著に表れてきた。比較をしないと心がけてきた私ですら、さすがに他の同級生との違いをはっきりと感じるようになる。

三年の担任は、厳しいと評判の女性教師だった。噂に疎い私は、先入観も殆どなくこの担任との家庭訪問の日を迎えた。鬼頭先生は見た目も話し方も、とても規律正しく、厳しそうだとは思ったものの理解のない先生ではなさそうかな?と思ったのだ。先生ご本人が「私は他の先生より少し厳しいかもしれない」とおっしゃっていたが、のちにこの鬼頭先生に対して「モンスターペアレント」ではないかと思うような態度を取ることになるとは、この時は思いもしなかった。

息子はとにかく体を動かすことが好きで保育園の頃は帰宅後すぐに寝てしまうこともあったが、幼稚園になると体力もつき、昼間に外で遊び回っても、疲れて帰宅後コテンと寝てしまうことが少なかった。にも関わらずその頃から寝付くのは遅かった。小学校に入ると、更に体力がつき、ただ私を待って寝付きが遅くなるのではなく、マンガを読んだり、撮り溜めたテレビの録画を見たりしてだらだらと過ごす夜の時間が増えてきた。両親と同居していなければテレビを捨てていたと思う。それほどにテレビへの執着が強く、また困っていた。私には年老いた両親の楽しみを無理やり奪えるほどの度胸はなかったが、この頃にはもういくら注意してもすっかり聞かなくなってきていて、就寝時刻も二十三時までに布団に入れることは殆どなかった。

好きなことには集中する、嫌いなことは頑なに拒む。そんな生活態度が自我が確立していくと共に、こちらの話に耳を貸さず増幅していく。ギャングエイジと言われる年齢でもあり手に負えなくなっていく。

息子のこだわりや発達の偏りは、保育園の登園渋りに始まり広い園庭や長い廊下のある幼稚園に対する愛着を経て、成長しても直らない極度の負けず嫌いなど色々な形で現れた。ある時期とても困っていたことの中に、こちらの言葉をそのまま受け止めてしまう、ということがあった。例えばスマホでゲームをしている時。やり出すと自分では終われない。何度止めるよう促しても逃げる。強引に取り上げようとすると、手や足が出る。これ以上やったらもう今月禁止だからね！と言うと、禁止は嫌だから仕方がない、もう止めよう、と思うようなものだがそうではなく、今月もうできないなら今思う存分やっておこう、と考えるのだ。私の発した言葉は覆ることのないこれから起こること、と受け止め、それなら自分にとって最善は何か？を考えると「止めたら次はいつできるか分からないなら、止めなければ良い」と判断するのだ。実際「分かった！　それなら止めんかったらずっとできるんやろ？　それならずっと止めない！　寝ないでやるわ！」と啖呵を切ったことが何度あったことか。

最初は何を屁理屈言っているんだと腹が立って仕方がなかったが、インターネットや本で勉強していくうちに、こちらが発した言葉の裏を読むことは難しく、発言をそのまま受け止めるという特性があることを知り、次第に「こういう時は『そうならないために今頑張って止めなさい』という意味だよ」と伝えるようになってきた。すると「そうなん？それならそんな分かりづらい言い方せんと、最初からそう言えばいいやん！」と返事がくるようになり、「ああ、やっぱり理解していなかったんだな」と私自身息子の態度に納得できるようになってきた。それからは、今ちゃんと理解していないな、と感じた時にはこちらの言葉の真意を伝えるようにしていくと、少しずつではあるが理解できてきたように思う。

話は前後するが、三年の三学期、息子の友だち親子と、そのママさんの車で遊びに行ったことがあった。その帰り、私のスマホで遊ぶのを止めなかった息子に、そのママさんが本気で叱ってくれた。幹線道路で信号待ちの時に「止められへんのやったらもう車から降りて！」とママさんが言ったところ、息子は「分かった、降りるわ！」と二車線の追い越し車線、右側のドアを開けて降りようとしたのだ。私は会話の途中で「まずい！」と思ったため、咄嗟に息子の腕を掴むことができた。ママさんもまさか本当に降りるとは思わず、驚いてスライド式の扉を運転席から手を伸ばして閉めた。このママさんは息子のことを以前から認めてくれていて、発達特性があることは知りながらもにわかに信じがたいと思っていたそうだ。私は「ママさんは本当に出て行けって気持ちで言ったんじゃなくて、スマホで遊ぶのを止めてほしいからああ言っただけなんよ」と説明した。すると息子は「そうなん？　じゃあそう言えばいいやん」と涼しい顔をしてスマホいじりを続けた。ママさんは息子の特性を目の当たりにし、相当戸惑ったようだ。一気に険悪ムードになってしまったためその日は一緒にランチをして帰る予定を変更してそのまま帰宅したのだが、翌日までずっと「どう言えば良かったのだろう？」と考えてくださったらしい。その時私は「私もいつもそんな神対応ができる訳じゃないけど」と前置きし、自分の気持ちに余裕がある時は、スマホを止めることをゲームにしちゃうかな、と言った。するとママさんは「凄く腑に落ちた」と言ってくれた。

そこの息子さんのKくんとはよく遊んでいたのだがお互い負けず嫌いで頑固なため、喧嘩も絶えなかった。

よく遊びに行き来し息子も素の性格が出るため喧嘩をする時は言葉も荒く、いつも冷や冷やする。だがこのトラブルのあと、ママさんにKくんは言ったそうだ。「弥山も今日は楽しかったと思うし、あいつなら大丈夫やろ」と。通勤電車でメッセージを見た私は嬉さのあまり、涙をこらえるので精一杯だった。ママさんによると、会えば喧嘩をする征佑輝の悪口をKくんは一度も言ったことがないそうだ。きっと魅力がいっぱいあるんだろう、私もまーくんと話していると楽しいし面白いからKの気持ちが分かる、と言ってくれたのだ。それでももしこのトラブルがまーくんの心の負担になっているのなら無理しないで距離を置いてくれてもいい、と言ってくれた。

この時の私の気持ちをどう表現すればよいのだろう。

息子と向き合う中で心が折れそうになったことは一度や二度ではない。それでもこうやって認めてくれる友だちがいて、ママさんがいる。それだけでまた明日からも頑張ろう！という晴れやかな気持ちになり、またこんな素敵な友だちが息子の身近にいることを有り難く心強く、そして誇りに感じたことは私にとって今も大切な、とても大切な宝物になっている。

ところで、前述の育児に関する通信教育をされている方からのお返事に、これだけの問題があるのなら、学校の先生や学童保育の先生方がどのように感じているのか、また学校や学童保育での様子はどのようなのかをお聞きしてみてはどうか？というアドバイスがあった。そう言えば一年の時には堀口先生からよくお電話をいただき情報共有をしていたが、二年になってからあまり学校のお話を聞く機会がなかったように思う。そこで、当時担任だった森先生と学童保育の先生にまずお手紙をお渡しし、どのように息子が映っているのか電話で聞いてみた。三学期も終わりだったこともあり、森先生はご都合の良い時に連絡があるだろうと思い、まず時間がありそうな時間帯に学童保育へ連絡を入れてみた。すると「言葉が足らなかったらすみません、先に謝っておきます」と前置きし、先生の感じていることを教えてくださった。

悪気のない心のこもった言葉であったと思う。だが「息子さんが発達障害だとは考えにくい。育て方ではないか？」という内容であった。征佑輝くんは「祖父母とお母さん」という大人の中で生活し、我儘が通る環境にいる、それが影響しているのではないか？ということだった。自分に都合の悪いことがあると家族のせいにした。忘れ物をした時、朝起きられなかった時。それも、自分の都合の良いように言い訳しているのではないか？　それが通ると思っているのでは？　そんな風な話であったと思う。その時は、そう思われても仕方ないと感じたのだが、後から思うと毎日過ごす学童保育の先生、しかも入学当時からお世話になっている先生にこういう風にしか映らなかったのか、ということが悔しく、また悲しい気持ちにもなった。

今後もそう感じる保護者の方々も少なくはないのかもしれない。

実際、学童でもちょうどこの頃トラブルがあった。学童で一緒に帰っていた年下のＴくんという男の子との距離感が上手く取れず、Ｔくんを怖がらせてしまったことがある。Ｔくんの母親からクレームがあり、息子に近づかせないようにと言われ距離を取っていたそうだ。後日学童の先生と保護者から知らされた。学童の先生の判断もあり、帰りも一緒に帰らないよう配慮してくださっていたそうだ。そして後日、帰りにハプニングが起こった。詳細は記憶にないが、息子の話では誰かにお手紙を取られたＴくん。息子が取り返そうとしたのだが、水路に落ちてしまった。そしてＴくんはそのまま泣いて帰り、Ｔくんの母親の逆鱗に触れてしまったということらしかった。息子がＴくんの手紙を奪った、という話になっていたのだ。Ｔくんの母親から電話があり、以前から息子さんとはトラブルが

いままなかったと、相当なお叱りを受けたのだが、私はまだ帰宅しておらず、何も事情が分からな

いまま、息子が友だちをいじめたということに違和感を持ち、そして有無を言わさないクレームに多少の抵抗感を抱きながらもただ謝った。その後息子に悪意がなかったことも分かったのだが、実際息子が手紙を落としたのだとすれば、謝らなければならないと思っていたところ、数日後に学童のことでまたお会いしなければならない用事ができたので、手土産を持って行った。息子が友だちとの距離感を上手く取れなかったのは発達特性にも由来しているかもしれないと思っていたが、このお母さんは、発達特性のある子どもに関して偏見が生まれるかもしれないと思い、敢えてそのことには触れなかった。だが結局このときも、「今後一切息子には関わらないでください」と厳しく言われたので、帰宅してから息子には「近寄るとまたお互いに嫌な思いをするかもしれないし、誤解が生まれるかもしれないから、必要がなかったら、征佑輝からはあまり近寄らないようにしたほうがいいかも」とアドバイスをしたのだ。すると息子も納得し、自分からは近づかないようにしていたようだ。ところが、たまたま何週間後かに小児科でTくん親子に出会ったとき、なんとTくんから息子に声をかけたのだ。そして笑顔で母親に息子を指差して話をしている。会話は聞こえなかったが、「学童のまーくんだよ！」と母親に教えているかのようだった。Tくんの母親はバツが悪そうにこちらとは目を合わさず挨拶もされなかった。その後もまたたま公園の前を通りがかったとき一人で座っていたTくんが息子を見つけ「まさゆきー！」と声をかけたのだ。私はTくんの態度とTくんの母親の話には大きなギャップが

あるように感じ、親がでしゃばる問題ではなかったのでは?という釈然としない思いを抱いた。

このように色んな誤解が重なると息子もしんどいだろう。息子が人との関わり合いの中で身につけていたほうがよい距離感なども、これから経験していくこと以外に親から伝えていかなければならないこともあるかもしれない。そして発達障害の理解が浸透していないことにより生じる、向き合う家族に対する心ない言葉や態度にも負けないように私自身がもっとこの特性について理解し、息子を生きやすくしてあげられるようになりたい、と私は改めて心を引き締めたのだ。

先生のおっしゃることがすべて誤解だとは思わない。我が家は自分の意見を主張したい人の集まりだ。そして私は両親に家庭内のことの殆どを任せている。また私の両親にも思い描いた老後の生活があり、その中で私の育児方針を主張するのには限界もある。もちろん私自身の育児に間違いもあるだろう。だが息子には嫌なことから逃げる特性がある。自分の都合の良いように自分のペースに持ち込もうとする特性がある。

こう言うと「なんだただの自己中人間じゃないか」「育て方が悪いだけでしょ」と感じる方も多いことだろう。でもきっと、発達特性を持つ人が身近にいらっしゃる方の中には「あるある!」と共感してくださる方も多いのではないだろうか。いかに息子のペースにはまらず、こちらのペースに乗せる、または本人のペースが私たちのペースと違うことをお互いに理解しそれぞれのペースを保つか。永遠のテーマのようにも感じる。

ちなみに学校宛の方は連絡がないまま学年が変わり担任も変わったが、二年の頃の森先生にも聞くことにした。だが、概ね学童保育の先生と同じような意見ではなかったかと思う。学校の先生が特別理解しているわけではないと知り合いから聞いていたが、発達特性に対する世間の認知度はこんなものかと、うなだれたものだ。

子育ての悩みは、三年になり次第に増してくる。一学期も半ばになる頃、私も仕事が忙しくなり殆ど毎日残業の日が続いた。

息子のことが気になりながらも、母には相変わらず「会社にできるだけ迷惑かけないように必要なら残業もやむ無し」ということを諭され、一方父には「お前は仕事してる間ずっと征佑輝のことを見なくて良いから楽でいいな！」と言われた。両親もいくら健康だといっても当時ですでに八十歳間近。小学生の相手は堪えるのだろうことは容易に想像できるため、言いたいことは半分ほどしか言えない。父はこの頃まだ公園でサッカーや野球の相手までしてくれていた。なかなかできることではないと思う。会社では面と向かって色々言う人はいなかったが共働きのママさんにはよくあることだが私もまた肩身の狭い思いはしていた。上司は子育てに関して非常に理解のある方で心強くは感じていたが、中には「まーくんも、もうちょっと（我儘言わず）分からなアカンな」とおっしゃる方もいる。心配してくださるのは有難い。だがこちらが発達に偏りがあることを説明しても、自分の育児の失敗を特性のせいにしているように苦笑されることもあり、なんともやるせない気持ちになることも多かった。もちろんそれぞれの立場で考えるとそれぞれの言い分があり、それは理解できることでもあるのでその人たちにいちいち反論する訳ではない。会社にも家族にも負担ばかりかけて迷惑をかける身なので自分がその立場だと同じことを考えるだろうと思うからだ。だが日本という国全体が、せめて普通に育児をしながら働く親を、当たり前のように理解し受け入れてくれるようになり、迷惑をかけているのではないかと考えなくても母親が働ける、また父親が育児の協力をしても当然のことと思える社会になるといいな、とは思う。もちろん法律や規則を整えるだけでは何も変わらないこともあり、親と子ども、そして一緒に働く人たちの負担など、多方面からいろいろな働きかけをする必要があり、口でいうほど簡単なことではないということは分かっているけれど。

・忍び寄る登校拒否

ところで三年生の五、六月頃のある日、母に「征佑輝最近あんまり笑わないね?」と心配そうに言われたことがあった。まだその頃は私との時間にはよく笑っていたため、「そう?　この前も一緒に話してる時楽しそうに笑ってたよ?」と軽い受け答えをしてしまった。母も「それなら良いけど…」とそれ以上は何も言わなかった。

そうこうしているうちに、ある日息子が「鬼頭先生な、怒ったらチョーク床に叩きつけて割るねんで!」と軽い口調で話した。「えーっ!　そうなん?　怖いなぁ」と言うと、

「って言っても、やられてるんは一人だけやけどな！」と続けた。「そんなんされるん、誰なん？」と尋ねると「オレ！」と言いながらニタッと笑った。そうなん？　アカンやん！と言いながらも、いくら腹が立ったからといって、チョークを叩き割るのはどうか？と小学校の先生としての資質に違和感を持った。

よくよく聞いてみると、廊下に立たされたこともあるという。その時は何故か息子だけみんなの前で発表することになったらしく、発表の声が小さいからか、何か気に入らないことがあったのか。状況はよく分からないのだが「やる気がない」と廊下で二時間反省させられたらしい。

その少し前、発達障害らしい、と鬼頭先生に説明をするため、お手紙を出していた。そのお返事は「分かりました」の一言だった。その後電話もなく、そのままになってしまった。教職の方々がお忙しいのはニュースでも取り上げられていて社会問題になっているので十分理解しているつもりだ。お話しして悪い方ではないのも分かる。遅刻も多く心証が悪いのも分かる。だがどこかすっきりしない、モヤッとした気持ちを私は持ち始めてしまっていた。

この頃から私も息子の笑顔があまり見られないことに気づき始めた。もう、私といても笑顔が作れないほど精神的に参っていたのだろう。鬼頭先生のことを怖がり、六月の終わりごろから朝の登校時間にムラが出てきた。行ける時は早いのだが、行けない日はそれまでよりも増して、登校しづらそうだった。

相当、鬼頭先生のことを恐れていたようだ。「遅刻したら怒られるから」との怯えから頑張って登校する。だが毎日は続かず心が息切れした時にはやる気がドッとなくなるのだろう。そして朝になると体のここが痛い、あそこが痛い、と言い始めた。

聞けば鬼頭先生には「私は熱血教師じゃないからあなたのことは諦めた」と言われたこともあるという。何それ？と心の底から怒りが涌き出てきたが、息子には「先生もどうやったら征佑輝が理解できるか色々考えてくださってるんじゃない？　それがちょっときつい言葉や指導になって出てきているのかもしれないけど、征佑輝に頑張ってほしくて言ってるのかもしれないよ」などと励ましたり、説得したりして毎日を過ごしたのだが、やはりモヤモヤと晴れない気持ちもずっと持っていた。

そして七月に決定的な出来事が起こり始めたのだ。


六月末から体育の授業でプールが始まった。毎年どこの学校でも同じだと思うが、梅雨の後半でもありプールの授業は中止になることも多い。息子は年長の秋頃から水泳を習っているのだが、水に入るのが好きだ。三年生になり、浮かない表情のことが多いため、自信をもって受けることができる水泳の授業は楽しく過ごしてほしい、というのが私の思いだった。ところがある金曜、翌週月曜のプールは午前八時までに登校しないと入れないと言うのだ。どうやら先生と話し合い、八時に時間を設定したようだった。通常は八時二十分に予鈴チャイムが鳴る。それまでに正門をくぐらなければ遅刻になる。それなのに、だ。後で鬼頭先生に聞いた時「私は早すぎるんじゃない?と言ったんですが聞かなくて」と話されていた。息子はよく無茶なことを達成したがるので鬼頭先生の話は事実だと思う。だが説得してもう少し楽な時間設定にしていただきたかった、というのが親としての本音だ。結局征佑輝は思うように足が運ばず八時を数分過ぎてしまうということが登校中に分かり、悲しさのあまり八時半登校になってしまったのだ。そして月曜のプールの授業二時間は本当に見学となってしまった。プールの参加カードには「出席」に丸がしてあったのだが、私はそれにも疑問を持った。鬼頭先生にとっては「ちゃんと準備もしてきて体調も悪くなかったから」という配慮であったのだろう。そうだと思いたい。だが解釈によっては「出席」としたことで他の先生方に鬼頭先生の指導方法が不透明になってしまう。どちらの比重が大きかったのかは分からないが、「時間の概念」が同年齢の子どもたちよりも少ないこともすでに報告している。子どもが大人に対して信頼できる指導方法であったのか。親としてどうしようもないやるせない気持ちになってしまった。

そしてこの翌日、八時に正門をくぐった息子は「遅い」と言われたと私に言った。その後鬼頭先生からは「来れたやん」と言ったとお聞きした。どちらが真実なのかは分からない。息子があまりに鬼頭先生に対して怯えているために「遅い」と言われたように聞こえてしまったのかもしれない。他にも鬼頭先生の言葉を、正確に理解していない可能性もあるし、先生の対応は仕方のないことだった可能性もある。これまではそう思って静観していた私だが、「遅い」と言われたと息子から報告を受けた日、先のプール事件と重なりあい私の中でプツッと心の糸が切れた。

連絡帳に、

「他の子と比較するのではなく、息子が今までできなかったことができた時には誉めてあげてほしいです」

こんな風にコメントをした。

その翌日会社の公休日でたまたま会社が休みだった私は、自宅にいたため珍しく息子を出迎えたのだが、息子は私の顔を見るなり険しい表情でこう言った。

「ママ、連絡帳に『誉めてあげて』って書いたやろ！　鬼頭先生に怒られたで！」

鬼頭先生は息子に向かって「一日できたからって誉められるはずがない」と言ったそうだ。私は「なんでママが書いたことで征佑輝が怒られなあかんの？」と思わず息子に言った。すると息子は「そもそもオレがママに話したのがアカンかってん。オレが悪いねん」と言ったのだ。

その時「マズい！」と思った。将来もし何か重大なトラブルに巻き込まれた時にも、助けを求められない子になってしまうかもしれない。

このまま放置はできないと思っていたところ、先生からようやく「電話する」というコメントが連絡帳に残されていた。そして夕方鬼頭先生から電話があり話をし、前述の「遅い」は実際には「来れたやん」と言ったことが分かる。

いろんな勘違いがあったにせよ、子どもが「誰かに助けを求めてはいけない」と思ってしまうような言い方にならないようにしていただきたい、そんなことを私はお願いした。これについては、先生もすみませんと素直に謝ってくださった。

廊下に立たされたのも、考えがまとまってなかったようだから廊下で考えてきなさいと言ったらなかなか戻ってこなかった、とおっしゃった。現場を見ていないため、何が本当かは分からない。息子は言葉が出始めてからずっと吃音で、人前で話すことにとても苦手意識を持っている。緊張すると余計に吃音が酷くなるからだ。これは毎年学校へ報告していた。性格的にも少人数ではリーダーシップを出せるがクラスのような大人数になると緊張しやすいようだ。だから教室の前に出て発表することは大儀だと思う。そういうことを私の説明不足だったのか理解していただけていなかったようだ。私はもどかしい気持ちでいっぱいになった。

息子は頑張ったか頑張らなかったかではなく、できたかできなかった、白か黒なんです。八時に行くと約束した場合、間に合わなければ八時一分に着こうが八時半に着こうが一緒なんです。

頑張ったら必ず良い結果が将来出てくるから、と言っても現在無いことを想像することが難しいため、目標を達成できないと分かった時点で完全にやる気をなくします。だからあまり厳しく目標を設定してしまうとできないと分かったあとの対応がとても難しくなります。

時間の概念の理解も遅いため、何をしなければいけないのか分かっていて、残りの時間が分かっていても、では今歯磨きを始めなければ、着替えなければ達成できない、ということに全く結びついていかないんです。

でも、できなかったという事実はしっかり理解するので、できなかったことに対して癇癪が起こるのです。

こんな話をたくさんした。

そんな中で、息子が鬼頭先生に自分の考えていることを何も話していないということが分かった。このために「正直、征佑輝くんのことをまだ理解できていません」とおっしゃった。

恐らく先生もどう接すれば良いのか戸惑っておられたのだろう。もっと早くお母さんと話をしておけば良かった、と何度も口にされた。

先生がそう言ってくださったからといって、息子の受けた傷や恐怖がなくなる訳ではない。この日に話したことがすべてだとも思わない。だが、鬼頭先生も先生なりに色々と考えてくださっていたことだけは理解できた。

鬼頭先生は二年の時の担任である森先生に、弥山さんは無表情で笑わない子どもなのかと訊ねたことがあるそうだ。のちに同じ話を森先生からお聞きすることになるのだが、その時森先生は「他の子と同じように笑うし、みんなと普通に遊べる子ですよ」と答えたそうだ。

せっかく息子のことを案じて前年度の担任に確認までしてくださったのに、息子が鬼頭先生に対して心を閉ざしていたとはいえ、ご自分が担任になってから表情がなくなったと分かってもなお、息子に対する態度が変わらなかったことに、私は悔しいという言葉では言い表せないほどの悔しさが溢れてきた。

鬼頭先生にはもっとお伝えしたいことはあったが、二学期から鬼頭先生が産休に入られると分かっていたため、それ以上の話し合いは希望しなかった。

ちなみに先生は個人的には息子のことを発達障害ではなく、ただの我儘じゃないか、という解釈をされているようだった。

理由は学校ではできていることが家でできていないから。

環境によってできることが変わるため、単なる我儘と思われることが多い、とどこかで聞いたことがある。

ここでもそうか。学童保育でも同じことを言われたっけ。実際私も何度も「単なる我儘ではないか」と思ったのだから、そう思われても仕方がないのかもしれない。

だが甘えたい時は思い切り抱きしめるけど、「ママ厳しすぎる」と言われるほど叱る時には本気で叱る。ケジメはつけているつもりなんだけどな、と心のなかでぼやいてみた。

鬼頭先生の気持ちも理解できるがやはり切ない気持ちは残ってしまった。

その後も「朝の八時登校を少し緩めてもらえないでしょうか？」とお願いしてみた。先生との約束だから先生から提案してくださるとありがたい、と。

だがこの要望は木っ端微塵に砕け散る。

とりあえず一週間、と約束したので約束を達成して達成感を味わわせたい、と。

先生の気持ちは痛いほどよく分かる。私もできることなら達成感の喜びを感じ、自信をつけてほしい。だが今の状況では達成感よりできなかった時の悔しさや、やはり僕はダメなんだという自己否定が強まるのではないか。不安を拭えないまま取り敢えず一週間頑張らせたのだがやはり息子は毎日は達成できず、明らかに鬼頭先生に対しての怯えが増していた。

表情はもはや能面のようであった。「鬼頭先生」と聞くだけで全身が強ばり緊張感が走る。大人の私ですら威圧を感じ少なからず体に力が入るのだ。息子の反応は至極自然なことだった。ただ悲しかったのはその様子を伝えても鬼頭先生には気に留めていただけなかったように感じたことだ。

なんとも悔しい思いが残ったが、息子には「一学期終わったら先生変わるからもうちょっと頑張りぃ」と声をかけた。息子は力なく「…うん」と言った。

ちなみに産休に入られることが分かったのはこんな混沌とした中でのことだった。学級通信であったか学年通信であったか。最初に読んだ時、思わず二人で飛び上がって喜んだものだ。

実はこの出来事を当時SNSで友だちに報告したことがある。その時には有難いことに、励ましの言葉をかけてくれた人のほか、実際小学校の教頭になったご主人を持つ現役保育士の幼馴染が対応策を夫婦で考えてくれた。教頭先生へこういう手紙を書いてはどうか、と文面まで考えてくれ、心のこもったメッセージを受け取った。結局鬼頭先生の産休もあったため、その手紙はお蔵入りとなったのだが、息子のために忙しい中時間を割いてくれた二人の気持ちが、ささくれ立った私の心を癒してくれた。

何とか一学期を終えて待ちに待った夏休みに入ると程なくして発達検査の日を迎える。二時間ほどかけてしっかりと検査してもらった。結果は数日後に出るとのことだったので、最短の日に小児科を訪れた。するとやはり注意欠陥性多動障害（ＡＤＨＤ）という結果が出ていた。

ただし自閉スペクトラム症ではないらしかった。息子の持つ「こだわり」など自閉スペクトラム症と思われる特徴は、ＡＤＨＤの範囲を超えない程度だ、ということだった。そしてすぐに薬を二種類紹介され、どちらにするか考えてきてください、と言われた。

私は薬を使いたくなかった。

発達障害を調べていくと、多くの情報が溢れている。我が子の発達障害を最初に疑った頃とは違う。教育者の理解がこれだけ遅れているのが不思議なほどの情報量だ。その中に、気にかかる経験談があったのだ。そこからは我が子が発達障害と診断され薬を服用している母親の気持ちがひしひしと伝わってきた。その方の子どもは小さい頃から落ち着きがなく手を焼いたらしいのだが、絵を描くことが大好きでとても印象的な色使いをしていたそうだ。幼稚園の壁に子どもたちの絵が貼られていてもすぐに見つけることができたらしく、その母親は我が子の絵が大好きだったという。

ところが薬を飲み始めると、日常生活が落ち着きを見せ始めると同時にその子の絵の特徴は消えていき、同じように幼稚園の壁に貼ってあっても探さなければ見つけられなくなったそうだ。その母親は、我が子には他の子どもと同じように落ち着いてほしいし、そうなることで本人も家族も得られることはあるだろうが、本人の長所も消してしまうのではないか、本当にこれで良かったのか、どうすれば良いのかいまだに分からない、というような話であった。

私にはその母親の気持ちがとても伝わってきて、薬が害になるなどとは思っていないものの、すぐに薬に頼ってしまうことに疑問を持ち始めていた。かくいう私も日常生活では困りごとがありすぎて、私も私の両親も疲弊困憊していたため、薬で落ち着くなら是非ともそうしたい、と思っていた一人である。

が、その書き込みを見てからは、薬で落ち着くならそうしたいという思いと、でもそれは親の身勝手なのではないかという思いの間に立っていた。そこへ薬を飲むか飲まないかではなく、どちらの薬にするのか、と問いかけてきた医師に対して疑念の気持ちが出てしまったのだ。

そんな思いを抱きながらも、学校との約束であったため、診断結果を持ってその日のうちに学校へ報告に行った。担任の鬼頭先生と二人での話し合いかと思いきや、教頭先生も同席され、その頃はまだ「教頭先生」と聞くと「偉い人」というイメージしかなかったため、非常に緊張したように覚えている。だが教頭の黒山先生は思っていたより人当たりの良い話しやすい方だった。

話し合いの中で、息子の持つ「こだわり」について鬼頭先生は「確かに図工で自画像を描いていた時には、みんなはもうほとんど描き上がっているのに征佑輝さんはまだおでこの色を『ちょっと（色が）違うなぁ』と言いながら何度も塗り直してました」とおっしゃった。

黒山先生も、「私たちも定期的に発達障害の研修もしているので教師は特性を理解しています」とおっしゃっていたので、その時はお忙しい中でもちゃんと勉強してくださっているのだなと安心したものだ。

ところが、教頭先生が出かける用事があるからと退席されたあと、鬼頭先生から「ちょっと早く来れたからと言っていちいち誉められません」という発言があった。お忙しいのは承知している。だがこの発言を聞き、私は「発達障害に関する研修」を実施しているとお聞きした直後でもあり、とてもショックを受けた。昨今「発達障害」や「ADHD」という言葉はとてもメジャーになってきたように思う。でもその実どれほどの人が理解しているのだろう？　私自身、息子が発達障害でなければこんなに理解していたとはとても思えないし、今でも分からないことが山ほどある。人間自分に直接関係がないと思うことは、関心がなかったり、少しの知識を得て知ったつもりになったりするものだと思う。私には誰も責められない。だが何とももどかしい思いは、ずっと持ち続けるのだろう、とは思う。

すっきりしない気持ちのまま、鬼頭先生には出産のお祝いの言葉を述べ、帰路についた。そして、小児科医で勧められた薬のことも、結局私もこの子の特性を排除しようとしているのではないか？とまた悩み、帰宅してからも「どちらの薬を飲むか？」と考えることができず、結局喘息でかかっていた小児病院で相談することにした。そこで得た知識は、「まずは薬を飲んでみて子どもの変化を見て今後の方針を決めていく」ことは別に特別おかしな判断ではない、ということだった。ただし、気になるようなら病院を紹介しますよとおっしゃったため、県立病院を紹介していただくことにした。

本来数ヶ月待ちの診察らしいのだが、たまたまお盆にキャンセルが出たので来院できる、と連絡があり、早速行ってみた。主な目的はペアレントトレーニングだ。

私はこの発達特性に関して、先に少し記述したが本人の努力よりも周囲の理解のほうが何倍も大事なのではないかという思いを持っているため、まずは私と私の両親が理解をし、息子の自己肯定感を高める必要があると感じていた。子育ての基礎は親（近しい大人）の接し方だと思っているので、至らない私が少しでも息子にとってプラスになる方法とは何か、を模索したいと考えていた。そして昔の育児を捨てきれない親にも少しでも理解してもらい、家族のぶつかり合う時間を減らしたかった。その私の考えとぴったりマッチしたのが、この県立病院の主治医になった岩野ドクターだ。後から知ったのだが、私の住む地域では発達障害に関してかなり有名なドクターらしく、後日勉強のために私は保健所や市役所、教育委員会などを訪ね歩いたのだが、どこへ行っても「ああ、岩野先生に診ていただいているのですか！」「それならもうご存じでしょうが…」と知らない人は一人としていなかった。

のちに教頭の黒山先生に話したところ、「岩野ドクターはこの地域の発達障害に関するかかりつけ医みたいなものですよ」とおっしゃっていた。今思うと、岩野ドクターの「必要なら学校へも行きますよ」というお言葉を伝えた私に苦笑いのような表情を浮かべた黒山先生は、この時はまだ発達の特性についてあまり理解する必要性を感じていらっしゃらなかったのかもしれない。

そして息子は岩野ドクターにより改めてＡＤＨＤと診断され、「自閉スペクトラムも確実に入ってますよ」と伝えられたのだ。

ところで三年生の夏休みも終わり、いよいよ二学期。新しい担任との学校生活が新たに始まった。その担任とは、なんと二年の時の担任、森先生だ。

同じクラスのママ友さんからメッセージが届いていたので帰り道の電話口で私は思わず「新しい担任の先生、森先生やってね！」と興奮ぎみに言ってしまった。森先生と言えば、学年最後の学級懇談で「クラス替えしてほしくない」という声が保護者から続出した先生だ。私も息子も喜んだ。息子には「僕が（新しい担任が誰なのかを）教えたかった」と少し拗ねられて母は反省するのだが、息子はそれほどまでに森先生のことを心から受け入れていたのだろう。

森先生は一週間でクラスの雰囲気を察した。二学期始業式から五日後に森先生とお会いしてお話しする機会があり先生が教えてくださったのだが、息子のクラス、できない子を見捨て、馬鹿にする雰囲気だったそうだ。息子でも息子以外の子でも、他の児童と同じようにできないことがあると「あの子はいつもああやねん。言っても無駄やで」と言う子どもが一人ではないという。先生はこのままではまずいと思い、ちょうどその日の朝、みんなにこう話したそうだ。

「先生だってできないことはある。みんなにもあるはず。完璧な人間なんていない。自分ができていないのに人を馬鹿にするのは良くない」

先生はご自分の「苦手」も暴露し、児童たちに訴えたようだ。

始業五日目にして気づいただけではなく児童たちにちゃんとすぐに伝えてくださったことが凄いなと、とても感激した。

ところで三年の二学期の頃から友だちを我が家に招待することが増えてきた。その頃から学童保育を休みがちになり、クラスの友だちと下校したがった。息子は週末にたくさんの友だちを招き、時には十五人ほどが押し寄せたこともある。学校に行きづらい日も「次の日曜日、友だち呼んでもいい？」と聞いてきて、私がいいよと言うと、友だちを我が家へ招待するために頑張って登校しようと思うようだった。初めは私がスマホでママ友さんに予定を伺っていたのだが、息子が自分で友だちとコミュニケーションを取る練習のために、最初の声かけは自分でするようにした。そのあとにフォローする必要が出てきたら助けてあげるからと諭し、平日は勿論、週末にその日の約束をするのも自分で誘いに行かせるようにしていた。

最初は私が一緒に家の前まで付いて行き、陰で待っているからと言って一人で誘いに行くようにすると、すぐに一人で誘いに行けるようになった。本当はもっと早くにこういうことは学習するのかもしれないが、学童保育へ行き、週末は家族と過ごしたり習いごとをしていたため、三年になって学童保育へ行く日が減ってきた息子はようやく友だちとの約束の仕方を学ぶことができたのだ。

学校で友だちを誘うと、中には息子が呼んだ友だちがその友だちを誘って連れてきたり、誰も呼んでいなくてもここに来れば誰かがいるのでは?とインターホンを押す子もいた。お兄ちゃんを連れてきて、そのお兄ちゃんが同級生を引き連れてくることもあった。

息子の目的はみんなとゲームをすること。とにかくゲームが好きで、一日中でもゲームをしていたい息子。だが来てくれるお友だちはゲーム好きの子だけではなく外遊びやみんなでワイワイ遊びたい子もいたので、ゲーム目的で訪れた子たちも、途中から飽きて近所の公園へ行ったりすることもあった。その時息子は一緒に行くわけでもなく、みんなが戻るまでひとりでゲームをし続けた。息子の「みんなとゲームがしたい」のは「みんなと同じ空間でゲームがしたい」だったのかもしれないし、「ゲームをしても怒られない環境が欲しかった」のかもしれない。

そんなコミュニケーションの取り方に疑問を持ち、また健康のことを心配した私は、途中で「ゲームをしてはいけない時間」、ゲーム休憩時間を設けることにした。当然息子からも息子の友だちからもブーイングはあったが、次第にそれも慣れて「この家ではゲーム休憩時間がある」と認識するようになってきたのだ。子どもたちは「まだぁ?」「あと○分!」などと言いながらこの「休憩時間」を過ごすようになった。すると息子もその休憩時間には渋々でも公園へ行く日もあった。どうしても気分が乗らない日には、家でマンガを読んでみんなが戻ってくるのを待つこともあったが、多い時には毎週友だちを誘って我が家でゲームで遊ぶことが増えたことで、有難いことに私もママ友さんが増え、時には親も子もトラブルになることもあったが、あまり家にいない私には大変助かる情報が飛び込んでくることもあり、そして愚痴を言い合ったり励ましてもらったりと今でも大切な関係が続いている。

あるママ友さんからは「寺子屋みたい」と言われたりしたが段々息子も「大人数はしんどい」と思うようになり、それからは時々少人数で静かに（？）遊ぶくらいになった。

我が家に集合する子どもたちのママからは「大変なのに」と言われることもあったが、子どもたちが賑やかに笑い合う姿を見るのは私の至福の時間であった。と同時にやはりフルタイムで働く私にとって、日曜は貴重な休日だったため、子どもたちが毎週のように集合するのは正直に言えば少し疲れもしたので多くても隔週でお願い、と息子と交渉した。だが完全になくなってしまうのもまた寂しいものだ。

息子が少しでも登校時間が楽しみになってほしいという思いも少なからずあったし、友だちとの関わり方を覗き見ることもできる。子どもたちの様子を写真で報告したりしながらママ友さんたちと学校の連絡事項の確認をしたり、普段の子どもたちの様子を伝えあったりしながらメッセージのやりとりをするのも楽しかった。

息子はやはり他の子どもたちよりも友だちとのコミュニケーションを取ることが少し苦手そうだな、と思うことはあり、人との関わりや場の空気を感じるということに関する心配は尽きなかったが、学校には行きたくなさそうにするのに友だちとはとても遊びたがっていたので、征佑輝が頑張れる原動力は友だちなのだろうなと思った。

◆不登校になって

・心の息切れ

二〇一八年九月十八日、「敬老の日」の翌日火曜日。ついに登校を拒絶した。

この年から八月二十五日までになった夏休みが明け、始業式からすでに九時登校をしていた。その後も毎日大幅に遅刻はしていたが、ついにこの時が来たか、という思いであった。

仕方なく連絡帳と宿題を持って学校へ行くと、教頭の黒山先生が応対してくださった。黒山先生は「明日も登校できないようなら、私が迎えに行きます」とおっしゃった。幸い水曜日からは何とか登校できたが翌週も三連休明けの火曜に登校できなかった。こうして息子と格闘する日常が始まる。

だが、そんな私たちにも嬉しい報告がもたらされた。

九月のある日、クラスメートが、

「他の人は怒られるのに弥山さんは、なんで遅刻しても怒られないの？」

と森先生に聞いたらしい。

前からこの手の質問は、あったと思う。だがこの時森先生は「怠けている人には怒るけど、頑張って来ようとしてる人には怒らないよ」とおっしゃったそうだ。後日クラスメートのお母さんが教えてくださった。

毎日頑張って説得して、体を張っている私にとっては、天使のような言葉だった。聞いた瞬間心の中で手を合わせた。

「早く行きたいけど行けない。他の人は頑張って行けるのに、なんで僕だけ頑張れないの？」と半泣きで呟く息子。

辛い気持ちを隠すように、学校へ行く意味が分からないと言って渾身の力で登校を拒否する息子。

そんな気持ちを常に持ちつつ大遅刻でも学校に行くのは相当なストレスだと思う。重い足を引きずるように毎日頑張っているのが、ちゃんと先生には伝わっていたんだなと思うと感動で涙が溢れそうになり、家で家族に話す時は堪えきれず泣いてしまった。

実は以前どうすればやる気が出るか？を模索していた時、手作りチェックシートとスタンプカードを使っていたことがある。その時息子は喜んでチェックを入れ、私はスタンプを押してあげていた。私の帰宅時間が遅くなると共に中断してしまっていたのだが、少しバージョンアップして再開してみた。

結果的にこの時はあまり続かなかったのだが、息子のやる気が少しの間アップしたように思う。やはり目に見える結果は肯定感を強くさせるようだ。その頃学校になかなか行こうとしない息子に「ママはもう会社行くけどどうする？　休む？」と聞くと、行く！と自分から言ったのだ。「どこへ？　ママの会社？　学校？」。

冗談を交えながら何度か訊ねると「ママと一緒に学校へ行く！」と言った。

表情も心なしか柔らかくなったような気がした。行けたことより、頑張って自分で「行く」と決められたことが私には本当に嬉しかった。

だが。二学期も一ヶ月が過ぎると、不登校の子どもを理解してもらうことの難しさを痛感することになる。

森先生も頑張って色々な声かけをしてくださっているようだったが思いが伝わらない分、ストレスも溜まっていらしたのだと思う。

定型発達の子どもをまとめるのが上手な人と、発達に偏りがある子どもと接することが上手な人はやはり違うのかな、と岩野ドクターの言葉を思い出して胸が痛んだ。

森先生も二学期から気持ちのバラバラになったクラスをまとめなければならないし体育大会や図工展、マラソン大会などの準備もあり、イベントが目白押しだ。きっとストレスも頂点に達していたのだろうと思うと先生ばかりを責める気にはならない。

だが期待が大きかった分ショックも大きかった。

この世界で一体何人の親や本人がこんな思いを味わってきたんだろうと思う。

先生方はお忙しい。児童を三十人も担任しているのだから、一人の児童だけに構っていられないのは十分理解している。

だがせめて「怠け者」のレッテルを貼るのだけは避けていただきたい。

家族が甘やかしているからとポロッと言うのも我慢する。ただ、思ってはいても「他の児童は頑張って来れているのに、なんで弥山さんだけできないの？」という言葉は聞きたくなかった。先生の心の中に留めておいていただきたかった。

ただ眠いだけで遅刻するなんてあり得ない、と言うのも家族には堪える。

他の児童が「弥山さん、サボりやで」と言った時、家でちゃんと勉強しているから、としかフォローのしようがないという言葉も、悲しくて悲しくて仕方がなかった。以前のように頑張っているんだよと、認めてあげてほしいと思うのは親のエゴだろうか？

今やってはいけないことを止められないというのは、家族が甘やかしているからと先生はおっしゃった。

自分の思いを伝えることが苦手だから、テーマを与えられて書くような作文や感想文が苦手だ。だが、新聞記事のように事実をまとめるようなものを書くのはわりと好きだ。私の説明が悪かったのかもしれないが「甘えではないか？　学校ではとても上手にまとめてちゃんと（新聞記事を）書いていた」と言われたときも、なんとも言えないもどかしい思いだった。

「私からはもう何も（他の児童に）言うことはありません、今後どうやっていくかはお母さんと本人で考えるべきことですから」とおっしゃった。

非がない訳ではないと思っていても、理解者だと思っていた方からのこの発言は、辛かった。

心が息切れをした時、這い上がる気力が残っていない時、その人や家族はもう沈没するしかないのだろうか。

・息子と家族と学校の思い

その頃はちょうど図工展の準備で追われている時だった。イライラが抑えられないほどに先生の疲労も積もっていたのだろう。学校全体の雰囲気もあまり良くなかったように思う。我が家に対してだけきつくなっている訳ではないと思いたかった。

雨の日に、遅くなったからと郵便受けに入れられた連絡袋。

中に詰め込まれた漢字ノートや宿題プリント、連絡帳、給食エプロンは気づいた時には全てびしょ濡れだった。考えが及ばなかったのかとは思っていても諦められた子どもみたいで、息子が捨てられたみたいで、どうしようもなく切なかった。

こんなことで悩みたくて生まれてきたのではないはずなのに。

後日、教頭の黒山先生とお話をしている際に「夜には『明日は行く』と言うんですが、朝になると行きたくなくなるみたいです」と言ったことがある。その時黒山先生は、「サボっている子は…」と言いかけて「来られない子はみんなそうですよ」と言い直されたのだ。その他にも「子どもは未来の宝ですから芽を摘まないようにしないと」とおっしゃる、息子が一番信頼していた先生ですら「怠けている子は…」と一度おっしゃったことがある。この黒山先生の言葉を聞いた時、現場のリーダーである教頭先生の考え方によって、学校全体の雰囲気に良くも悪くも影響するのかなと、何とも言えない悔しさともどかしさで胸が締め付けられる思いだった。

そして私は特別支援学級の道を探り出した。

この頃から息子は、何となく学校全体が嫌なんだと言い始める。自分の居場所が減ってきたのを感じているようだ。森先生にも、手紙を書いてみた。

教職は大変なお仕事だと思うし、私には想像できないほどの苦労があると思うし森先生は普通の子どもたちにとって、素晴らしい先生だと思っている。

でも息子は今、怠けている訳じゃない、頑張って力尽きた結果なのではないか。特別の対応をお願いしているのではない、ただほんの少し理解してほしいだけなのだということを。

二学期からの担任が分かった時、「ちょっと嬉しい」とはにかんで言っていた息子がその先生に怠けていると思われていると知った時、どんな気持ちになるのでしょうと。

私が今想像している、生活リズムの乱れの原因が私の残業の多さによるとすれば息子は何も悪くないし幼い子どもとして当然の感情を持ち、その感情を抑えられなくなった結果なのではないかと。祈るような気持ちで書いた。ほんの少しでもいい、理解してほしいという思いを込めて。

息子は恐らく、最初は一学期の鬼頭先生が怖かっただけなのだ。それまでも集団生活に馴染めなかった。それでもなんとか繋いでいた気持ちが、一学期の複数の出来事によって崩れ去ったのではないか。それでも学校へ行かなければ！という思いから頑張って頑張って、そしてついに心が折れてしまったのではないだろうか。

元々、学校のような集団の中で決められたことを皆と同じようにして過ごすのは苦手な息子が、その中でも更に厳しく型にはめられた結果だった。なぜ鬼頭先生ではなく、森先生になってから不登校になったのか。それはもう、何とか繋ぎ止めていた息子の心の糸がぷっつりと切れてしまったに外ならないと私は感じている。それほどに息子は鬼頭先生のことを恐れていたのだ。

もちろん私にも原因がないわけではない。前述のように残業が増えたことで、息子の精神的疲労の回復ができなかったことも大きいと思っている。業務の調整ができなかったのは私の力不足だ。それまで嫌なことがあっても苦手な集団生活も何とか休まず登校できていた理由には、家でリフレッシュする時間があったことも重要だったと思っているので、その時間が減少したことによって、その日の精神的苦痛を翌日に持ち越すようになったのではないかということは否めない。だが、その学校で溜める疲労感が三年になり激増したことは否定できない。

十月も終わりの頃から、気にならなくなっていた吃音が酷くなってきた。その他にも顔や手のチック症状や視野異常、頭痛、息苦しさというように体のあちらこちらに不調が現れ始めた。

何とかランドセルを背負わせ、自宅の門を出るまでに三十分以上かかることもあった。一度家から出てもまた引き返してしまうこともあった。

今日は行ってほしい、という思いから強引に腕を引っ張ったこともあるし、支援の先生にも何度も迎えに来ていただいた。それでも、いくら大人が説得しても行けない時はどうしたって行かなかった。

支援の先生は、学校に入らなくても良いから正門まで行ってみよう、と息子に声をかけてくださった。穏やかに話す信頼できる先生だ。渋々でもこの先生とは何とか正門まで何度か行けた。だがほどなく息子は「結局先生はみんな学校へ行かせようとする。入らなくても良いと言っていても、結局は何とか校舎へ入れようとする。僕の気持ちを分かってくれる人はいない」と言い出した。

それを聞いた頃から、私はなるべく行ってほしい気持ちをグッと堪えて、先生に迎えに来ていただくのも断り、行けそうにない時は学習課題を与えて登校を諦めるようにした。

幸い私の働く会社ではフレックスタイム制度があったため、上司にも相談した上で最大限利用させていただいていた。毎朝息子を九時頃まで説得し、行けないと分かるとそこからその日の学習課題をノートに記入して出勤した。前日に学習課題を作っても良かったのだが、そうすると息子が最初から「家で勉強すればいいや」と思ってしまう可能性が高かったため、当日行けないと判断してからノートに書き込んだ。夜はその日にした学習ドリルを添削する。当然分からないところが多く白紙や間違いが多かったので、間違ったところには全てヒントを記入した。「教科書○ページ」などと書き、自宅用に購入した教科書にマーキングをした。私の帰宅も息子の就寝も遅いため、息子を寝かせてから始める添削が終わるのは大体午前一時から二時頃、遅い時には三時を大幅に過ぎることもあり、睡眠時間三時間で出勤ということもたいして珍しくはなかった。息子と一緒に寝てしまった時は一時や二時頃起き出して添削をした。

それでも息子の能力を買っていたため、ここで潰してしまう訳にはいかないという思いで踏ん張っていたが、自分の体調に不安を感じ始めたのもこの頃だった。

でも息子も本当は学校へ行きたいのだ。少しずつ起床に困難を伴うようになってきた息子は、「○○をしたら起きられるんじゃないか？」「こんな約束をしたら学校へ行けるようになるんじゃないかな？」と自分なりに不登校の打開策を考えていた。

行きたいのに行けない。行きたい！　行きたい!!

「名案を思い付いた！」と言うかのようにキラキラと光る笑顔の中に、少し寂しそうにも心の叫びにも取れる影を落としながら、息子は知恵を絞って自分なりに考えた解決策を私には話してくれた。

それでも行けないのだ。どんなに辛く悲しく、悔しかっただろうか。

私はきっとまた明日訪れるであろう無力感を心の中に抱きつつ、精一杯の息子の言葉を受け入れた。

「能力を発揮できた（発達特性があったのではないかと疑われる）著名人たちは、発達の凸凹を受け入れてくれる環境で育った人、または批判を跳ね返すことのできた人です。征佑輝くんは性格が素直だから、大人の言うことをそのまま信じる。だから受け入れてくれる環境がないと能力を発揮するのは難しい。自己評価がどんどん下がり可哀想です」

主治医の岩野ドクターに言われた言葉だ。

だが自分自身なかなか気持ちの整理がつかないでいた。私が受け入れようとしても批判する人は必ずいる。受け入れてくれる人たちが多いから私も息子もなんとか崩れずに済んでいるが、何気ない一言でグサッと一撃を食らうこともある。

どうすれば解決するんだろう…。答えが見つからないから長いトンネルの先に私は光を見つけることができないでいた。そしてまた一日が終わる。

学校へ連絡ノートを持っていった時、校庭で笑っている子どもたちを見ると、子どもたちの元気な話し声を聞くと時々涙が止まらなくなる。職員室に行き居合わせた先生に連絡ノートを渡すとき、優しいお声がけに堪え切れず突然泣いてしまったこともある。まだまだ親として学ばなければならないことが山ほどある。私も日々勉強だ。

森先生は、三学期の頃から少し対応が変わってきていた。先生は二年のときにも担任をしてくださっている。その時の印象が、「さぼっている」というイメージを後押ししていたのかもしれないし、もどかしい思いが言葉となって出ていたのかもしれない。この頃だったかもう少し前だったかはっきり覚えてはいないが、「本当はできる子だと私は知っているのに、学校に来なければ通信簿には斜線を引かなければいけないんです。将来それを見た先生方はその斜線で判断するんです。私はそれが悔しい」とおっしゃったことがある。その言葉は、森先生の本心をぶつけてくださったような気がする。私にとって、せめてもの救いの言葉であった。

そして相変わらず家での様子を聞くことや電話がかかってくることはなかったが、どうすれば登校しやすくなるのだろう?と考えてくださるようになっていたように思う。二年生の時、市のイベント「八の字長縄跳び」で好成績を収めたことが息子の印象に深く刻まれていると分かってから、また他の児童たちからもリクエストがあり、三年でもこの「長縄跳び」に挑戦することになった。それでもなかなか登校はできなかったが、息子はみんなで励まし合ってやり遂げたことが忘れられなかったのか、ある日長縄跳びの苦手だった男の子と女の子二人に跳び方を教えてあげたそうだ。息子も二年生の時に鍛えられた一人だ。みんなで跳ぶ楽しみや喜びを知ってほしかったのかもしれないし、練習すれば必ずできるようになる、と経験から分かっていて、それを感じてほしかったのかもしれない。休み時間、木に縄跳びをくくりつけ縄を回してあげたそうだ。そして練習の成果が上がり二人とも跳べるようになったらしく、「○○さんと△△さん、二人とも跳べるようになったから見て〜！」と森先生の元へ知らせに来たそうだ。先生が後日「とても嬉しかった」と教えてくださったのだが、その話をされる森先生の顔もまたキラキラとした笑顔で、聞いている私にその時の子どもたちの顔や森先生の顔、気持ちを楽しく嬉しく想像させてくれた。その時、ああ、私たち保護者が、そして子どもたちが信頼していた森先生だ、と少し胸を撫で下ろした。

ところで特別支援学級は教育委員会の承諾が必要だった。何人ものいろんな分野の専門家が集まって協議をし、特別支援学級が妥当かどうかを判断されるらしい。

私と息子で教育委員会に出向き精査していただいた結果、普通学級でも特別支援学級でもどちらでも良い（どちらも妥当）という結果が出た。教頭の黒山先生も家族で相談してくださいとおっしゃった。岩野ドクターにも相談し、家族でも話し合い、本人の意思も確認した。岩野ドクターは以前、選択肢のひとつとして考えられるとおっしゃっていたのだが、改めて相談してみると息子の能力からすれば普通学級が妥当なのでは？という判断であった。本人はどちらでも構わない、と言った。精神的に楽になるなら特別支援学級でも良い、と思っているようだった。そして家族はみんな、本人が学校へ行きやすくなるのであれば特別支援学級でも構わないと思っていたが、岩野ドクターの意見や学校の対応を考えると、本人が行きやすくなる環境を作るのはもちろん大切だが、学校の理解を得るのが先なのではないかとも思えた。また、特別支援学級とは、支援の資格を持った教員が担当するのではなく、普通学級を担当する教員が担当する。ゆえに特別な勉強をしてきた訳でも、特別に理解がある訳でもないのだ。もちろん特別支援学級にいろんな児童が在籍していることは理解されているし、学習方法も変わってくる。児童数も普通学級より少ないため、手厚くはなるだろう。だが、必ずしも本人にとって過ごしやすくなるかどうかには疑問が残るとも感じていた。教育委員会の結果は一年先でも有効だという。そこであと一年はこのまま普通学級で頑張ってみて、無理ならまたその時相談しようということになったのだ。

こうして、また普通学級での新学期を迎えることになったのである。

ただ、家族の中では転校もやむを得ず、という空気も流れていた。というのも、息子が「学校の先生全員が怖い」と何度話し合っても言うからだ。以前から、「鬼頭先生が（産休を終えて）いつか戻ってくる、と思うだけで学校が怖い」と話していた。友だちが大好きな息子は「友だちは怖くない」と言う。だが私の父も「征佑輝のことを理解していない自分たちと離れた方が良いのかもしれない」と初めて自分から言い出したのだ。母はタブレットでよく色々なことを調べる。発達特性のことも、母なりに色々と調べているようで、私が「こんな対応をしたらダメらしい」と言うと割とすぐに納得してくれる。また二人の子どもを育て上げたのだ。私にとっては厳しい母でも、緩急織り交ぜて育ててくれたことには違いない。一方父は、子育てにあまり関わっていない。父が悪い訳ではないと思う。時代がそうだったのだから仕方がない。だが自分の融通のきかなさを自覚している父は「俺なりに色々考えているつもりではいるが、分かっててもできないんだ」と言う。自分がしたくてもできないというストレスは、形は違えど息子の持つ悩みと似ているような気がする。そういうところを孫と共有し共感し合えれば良いのだが、孫に弱みを握られたくない気持ちもきっとあるだろう。そして孫にしてあげたくてもできない申し訳なさなども、きっとあったと思う。

三月に入り、息子が今までより一層殻に閉じこもっているような様子になり、時には押し入れに入って出てこない日もあった。それを間近で見ていた父や母も彼らなりに精一杯案じていたに違いない。

そんな時、息子が不意に「ママ、嫌なことってどうやったら忘れられるの?」と聞いてきた。どうしたの?と聞くと「やっぱり何でもない」と寂しそうに笑って話してくれなかった。

だが息子の表情が気になったので穏やかに、ゆっくりと話してみるとぽつりぽつりと話し始めた。鬼頭先生の存在を僕の頭の中の記憶から消し去りたい、と。先生のことを思い出すだけで気持ちがズーンと重くなる、と。

発達特性のある子どもたちは特に過去の嫌なことを今体験しているかのようにフラッシュバックしやすい子がいる、と聞いたことがある。それと関係あるのだろうか。

息子の機嫌がとても良い時に「最近やる気が出る時と出ない時の差が激しいねん。自分でもなんでかわからんねんけどなー」と笑って話してくれたことがある。

その時から、嫌な胸騒ぎがしていた。

私もパワハラされた経験があるから、その後の後遺症がどんなに辛いのかも少しは分かる。大人でもなかなか気持ちの切り替えが難しい。ましてや小学生が大人から受けたダメージとなると、その苦しさや恐怖は計り知れない。

・気持ちの変化

まだ小学三年生だから命に関わる決断をするとは思えなかったが、それも心配になるほど様子がおかしい時があった。

SNSでこのことを書くと「嫌なことを忘れる方法」を短大時代の友だちが教えてくれたので早速試してみた。

紙に嫌な思いを書いて、丸めて捨てる。

または燃やすと忘れられるらしいよ。

息子に話すと、「燃やす、は危ないから、捨てる、やな！」と自分で選んだ。

私は、ビリビリと新聞を破く行為がストレス発散に良いと聞いたことがあるため、それを提案してみた。

早速「悪口でも良い？」と聞くので、「何でもいいと思うよ。征佑輝の今思っている嫌な気持ちを書けば良いんじゃないかな？」と話したところ、すぐに紙とボールペンを取り出し、「鬼頭キライ大キライバカあほアンポンタン」と紙いっぱいに大きく書いて文字が読めないほどに小さく小さく破いた。

「あー気持ち良い！」

何度も何度もそう言いながら最後は破いた紙を一枚残らずゴミ箱へ捨てた息子。

当時小学生二人の自殺という悲しいニュースが飛び込んできた。

「どうか今日私が帰るまで何事もなく生きていて……！」と祈りながら学校へ連絡帳を持って行った日もある。そんな息子がいつまでもいつまでも嫌な記憶を引きずって闇の中を歩き回るくらいなら、家の中でこれくらいのストレス発散は許されても良いのではないだろうかと親が思うことを、神様は大目に見てくれるだろうか。

リスクもある転校はなるべく避けたいので取り敢えずは四年生のクラス替えを待つことにしたが、鬼頭先生も産休を明けて学校に戻られることが分かっていたため、不安はどんどん募るばかりであった。

私でもそう思うのだから、息子の精神が不安定になっても何らおかしくはない。

また担任になったらどうしよう、と何度も恐れを私に訴えていた。いくら私が「大丈夫」といっても、不安で押し潰されそうだったようだ。

ある日会社に頼み、フレックスタイムを使って少し早めに退社させていただいた。

薄暗くなった庭に出て息子のリクエストでテニスラケットを使いボール遊びをした。

少しの時間だったが「楽しかったー！」と笑う息子に胸を撫で下ろす私。

この日は遊んだ後、押し入れのお世話にはなることはなかった。

やはり気分転換が大切だと、時間のある時二人で散歩したり、ジグソーパズルを買ってきたりした。この世の中にも楽しいことがたくさんあると、教えたくて。

そんなことをしていると、突然息子が嬉しいことを言ってくれた。

「前のママより今のママの方がスキ。

前のママは怒る時キーキー言ってたけど、今はあまり怒らない。

前のママも、今のママも優しい時は優しいし、怒る時は怒るけど、今のママがいい」

前より少し息子の特性を理解し、我慢しなくても腹を立てずに話せるようになってきた、という私自身の自覚がちゃんと息子に伝わっていたんだと思うと、私も息子に感謝したりするのだった。

そしてこの頃から、よく「ママは『ママ』だけど、俺の親友！」と言ってくれるようになった。学校で大切な友だち関係を育むことができていない息子のことを思うと手放しでは喜べないのかもしれないが、そんな息子に少しは寄り添えているのだろうかと思うと嬉しかった。辛いことを辛いと言い、友だちの代わりはできないかもしれないが少しは心配事を打ち明けられる存在でいられるのだろうかと思うと、とても心が温かくなった。

いよいよ三年生も終わりが近づき、クラスでお別れ会があった。お別れ会といっても、出し物をするのではなく、みんなで運動場に出て遊んでいたようだ。

この日は二時間目にお別れ会があったのだが、何とか頑張って行った。息子もみんなとの楽しい時間を過ごしたかったのだろう。登校するとクラスメートたちはすでに運動場に出てきており、一人の男の子が息子を見つけた。

「弥山ーーーっ！」と叫ぶとみんながそれぞれに、「弥山〜っ！」「みーやーまーーっ！」の大合唱をしてくれた。

本当は体操服に着替えないと授業を受けさせてもらえないのだが、最後だということと体育の授業ではないということできっと森先生が目を瞑ってくださったのだろう。ランドセル置いてこっちにおいでと言っているように手招きしてくださった。

躊躇している息子を一人の男の子が迎えに来てくれた。息子の背中からランドセルを下ろし両手でそっと花壇の端に置くと、みんなの輪の中へ腕を引っ張って連れていってくれる。それでも居づらいのか、みんなと少し離れた場所で傍観者のように立っていた息子。

私は出勤でそれ以上居られなかったけれどその後どうなったのか。

輪に入れたにしろ、入れなかったにしろ、そうやって息子を気遣って迎えに来てくれた友だちに、「待ってたよ！」と叫んでいるかのようなみんなの大合唱に、感謝以外の言葉が思いつかなくてただ有難いという気持ちで一杯になった。

森先生らしい素敵なクラスだな！としみじみ感じた。

「あの子はああいう子だから、言っても仕方ないよ」と発言する子がいた。

そしてクラス全体がそういう雰囲気だったとおっしゃっていた。とても同じクラスとは思えない。担任でこうも雰囲気が変わるのかと、私は子どもたちに関わる大人の責任を強く感じた。

◆学校に行けなくても

・学校の理解がもたらすもの

いよいよ四年生になった。息子は始業式の日も登校できなかった。

クラス替えもあるので、どうしても登校させたい大人三人と、恐怖で足がすくんでしまい準備が進まない息子との地獄絵巻のような朝だった。

だが遅刻する時間になったと分かると自分でも辛かったようで、息子は「今日くらいは遅刻せずに普通に行きたかったー！」と大泣きした。

声を嗄らして叫び、必死で自分の苦しさを訴えてくる。怖いんだな、辛いんだな、などといろんな感情や思いが伝わった分私も自然にポロポロと涙が止まらなくなってしまった。

登校を諦め、私は駅に向かいながら学校へ連絡をした。

するといつもと違う教頭先生の声。新年度から教頭が代わり、神田先生という教頭先生になったのだ。神田先生は、「お母さん、外からお電話してくださっているということは、きっとギリギリまで頑張って説得してくださったんですね。ありがとうございます」と物腰の柔らかい声でおっしゃった。

思わず朝の出来事を思い出し涙ぐんでしまう。

この声と言葉の雰囲気のままの教頭先生なら、何かが変わるかもしれない。そんな期待した始業式の朝だった。

そして夕方には新しい担任の海野先生が教科書を一式持ってきてくださったそうだ。対応した父から、登校できないことはそんなに深刻なことではない、という雰囲気で話されていて心が軽くなった、と聞いた。そして息子とも会ったそうだ。ひたすら大好きなゲームの話をしたらしい。それでも海野先生は「先生、分からんわぁ」と言いながらも、話を遮ることなくじっと聞いてくださったと聞いた。息子は友だちから「四年になったら先生が急に怖くなるらしい」と聞いていたようだが、実際に自分の担任になった先生と接してみて、その友だちの話していたことが間違っていたと気づいたのだろう。そして新しいクラスに対する恐怖心も薄らいだのかもしれない。

何故なら翌日にはなんと朝から登校できたのだ。毎朝校長先生や教頭先生が正門で子どもたちを出迎えてくださるが、まだ校長先生が立っていらして、息子と一緒に靴箱の方へ付き添ってくださった。そして夕方海野先生から電話があり、私も少しお話しすることができた。「お母さん、大丈夫ですよ。ゆっくりいきましょう」と言っていただいた。二日目で朝から登校できて良い滑り出しができましたね、ともおっしゃっていた。

息子に「良い先生やった？」と聞くと、元気に「うん！」と答えてくれた。先生は「明日も来れそうならおいで」とおっしゃったそうだ。きっと息子も、父や私が感じた「心が軽くなる」経験をしたに違いない。

一旦悪い印象がつくとなかなか消えないもので、「今のクラスはなぜかとても馴染む」と言う息子も、登校できる日は少なかった。

だが、「お昼からでも良い」と言ってくださった海野先生のお陰で、朝から行けなくても「行こうかな?」と思えた時点で登校すれば良いのだ、と思えたようだ。お昼からでも行ける日には顔を出すようになった。

ただ、午前中は家族も「行くの? 行かないの?」と聞いてしまうし、息子も行きたくない、でも行かないと!という気持ちが働くようで、今までは良いペースでできていた自宅学習は少し難航するようになった。

それでも宿題はやってくれたため、父が私に代わって学校へ届けてくれるようになる。私は朝息子を少し説得してから出勤するので、フレックスタイムも利用はするが三年の頃のようにコアタイムギリギリの出勤になることはほとんどなくなった。

海野先生はほとんど毎朝欠かさず電話をくださった。「今日はどうですか?」「昨日は頑張りましたね!」と声をかけてくださる。そして実は毎朝児童たちに「今日は弥山さん来れそうだって。来るかもね」「今日はちょっと難しいかも」と必ず報告してくださっていたらしいのだ。そうすることで遅くに登校しても児童たちは驚いたりせず、すんなり受け入れられるというのだ。先生の児童たちへの愛情を感じる。

そんな海野先生は新学期最初の頃、私が宿題を持っていくと、感嘆の声をあげて喜んでくださった。天気が悪い日に行けそうにないと伝えると「雨の日は大人でもしんどいですからね。今日は家でゆっくりしとき、と（息子に）お伝えください」と言ってくださったりもした。罪悪感を感じなくてもいいんだよ、心を休めることが大事だよ、と言ってくださっているようにも思えた。

今まで「学校へ行きなさい」と言われることはあっても、「家でゆっくりしていていいよ」なんて声をかけられたことがない息子は、先生の言葉を伝えると少し戸惑ったような顔をしたが、「今までの先生と違う」と感じたことだろう。

早めに支度ができて私と一緒に息子も登校でき、たまたま体育で運動場にみんなが出ていた時がある。その時は三年のお別れ会の時のように、何人もの児童たちが「みやまーっ！」と叫び、先生は駆け寄ってきてくださった。海野先生は、体操服に着替えなくても授業を受けさせてくださった。着替えるよりもみんなと一緒に過ごすこと、授業を受けることを優先されていたように思う。

森先生の「決められたルールはきっちり守る」と教えてくださった上で「ルールの中にも許される範囲での柔軟さは時に有効（必要）」であることを教えてくださった海野先生。お二人の連携でこそ教えられたこともきっとあるに違いない。

校長の平田先生や、教頭の神田先生にも随分助けていただいた。平田先生も私の話をじっくり穏やかに聞いてくださった。息子が正門をくぐれない時には父と一緒に説得してくださったりもした。

神田先生は、息子が遅れて登校しても、よく正門まで迎えにきてくださった。そして「よく来たな！」と満面の笑みで息子を抱き締めてくださる。

人との距離が近い人が苦手な息子にとっても、神田先生のこのハグは息子に「怖くない先生や信頼できる先生もたくさんいる」と印象づけるにはとても重要な役割を担っていたのではないかと思う。

こんな風に、息子が不登校になって辛いこともあるが、学校の素敵なところもたくさん見せていただける。

体育大会では入場式の時、児童たちを整列させていた先生が「弥山さん、いるか～？」と息子を探し、息子を見つけると「おー！　おったおった！　来れたな！」と確認されたそうだ。そばで見ていた父が教えてくれた。担任になったこともない知らない先生だったそうだ。先生方の中で連携が取れているのが感じられる。

またマラソン大会では、ギリギリまで登校できなかった息子を今から連れていくと連絡すると、正門まで神田先生が迎え出てくださった。そして学校のすぐ横を流れる川沿いを走るために学校を出発しようとしている児童たちの方へ走り寄り、海野先生に息子が来たことを報告、教室まで一緒に行き着替えをし、土手まで着いてきてくださった。こちらが恐縮して丁寧にお礼を述べ、神田先生には学校へ戻っていただきスタート地点に行くと、すでに出発前の準備体操が始まっていた。普段家で過ごす息子が何か不調を来すと大変なので、私が最後まで待機し、また校医も待機して救急車もすぐに呼べる態勢を取った。そして後ろから先生が一人伴走してくださることもその時知った。

万全の態勢で迎えたマラソン大会、息子が期待する結果は出なかったようだが、人との繋がりが、人の温もりがこんなにも人を幸せにするのだと今更ながら思い知らされた。先生方の思いやりに、そして頑張って完走して戻ってきた息子の勇姿に私は涙を堪えることができなかった。

参観に行けば友だちが横に付き添い、準備を手伝ってくれた。授業中、集中できずに先生の話を聞き逃したり、普段授業を受けていないがゆえに理解できないことなどは、前や横の児童たちが教えてくれる。

イベントはほぼ全て参加できている息子も、四年生最後の参観ではついに時間に間に合わず、保護者の方々の中に飛び込むように教室へ入ることになってしまった。私が背中を押し、「行っといで!」と小声で励ますと、海野先生は「弥山さん登校しました! おはよう!」と元気におっしゃった。すると児童たちが一瞬ワッ!とざわめく。そしてスッと元の静けさが戻った。ここでもやはり隣の児童が何を準備するのか教えてくれる。時間にしてそれぞれ五秒ほどか。心配していたほど授業の邪魔はしていないように感じ安心した。

そしてその参観後、同じ幼稚園出身で同級生の女の子のママさんが嬉しいことを教えてくれた。

「まーくんはクラスの人気者なんだって。まーくんが学校行くと、いつもクラスが盛り上がるって。みんな待ってるみたいだよ」

息子のひとつひとつの頑張りにいちいち涙腺が弛くなる私は、またここで涙を堪えなければならなかった。

息子の学校では、毎年四年生の時に二分の一成人式をしてくださるのだが、息子たちの年は代わりに学年最後の参観日だったこの日、参観後に学年発表会が体育館で行われた。

実はこの日の参観は、「将来の自分へ」という手紙をそれぞれ発表していた。人前に出るのが苦手な息子は、この参観と学年発表会を極度に嫌がっていて、参観に遅刻してしまったのもそのためだった。頑張って登校できたものの、一度も練習に参加していない学年発表会は横で見学かな、と覚悟しながら体育館へ向かったが、何とか舞台に出てきた。音読は、全員・代表・クラス毎、と少しずつ変化を加えて読み進められた。さすがはもうすぐ五年生。みんな声も揃い、大きな声、優しい声で抑揚をつけ、とても素敵な朗読だったが、もちろん息子はどこで全員読むのか、どこを自分のクラスが読むのかなんか覚えちゃいない。目をキョロキョロさせながら、口パクで誤魔化している。すると、突然みんなが拳を挙げた。息子もおっかなびっくり拳を挙げた。次はみんなで右手を振った。すると息子も見よう見まねで右手を振った。もちろん合唱は参加できなかった。舞台に立つことだけで相当苦痛だったと思う。それでも頑張って舞台に立ち、「右手」だけの参加にも関わらず、息子はうっすらと笑顔も見せてくれたのだ。後でその瞬間を激写してくれたママさんが送ってくださった写真を見て分かった。

この後、海野先生とお会いできたので、同級生ママさんが教えてくださったクラスの様子をお話しし、今日もそんな感じでしたねと私が言うと、先生はうんうんと頷きながら、今日はずいぶん抑えていましたがいつもはもっと盛り上がりますよ、と笑って教えてくださった。それでもきっと自習態度をいつも褒められているこのクラスの児童たちは気持ちの切り替えも上手にすぐ授業に戻れるのだろう。

更に嬉しかったことは、この時お話できた三年生の担任の言葉だった。森先生は、息子の隣のクラスの担任をされていたのだが、教室から息子が登校する姿を見かけたらしく、「心の中でガッツポーズをしました！」とおっしゃってくださったのだ。一度は匙を投げたようにみえた先生も、何かをきっかけに変化してくださったのだなと改めて感じることができたことで、私の心の錆が少し剝がれたような気がした。

幼稚園の頃はまーくん、まーくんと慕われていたが小学校に上がってからは学校嫌いが目立ってしまい、疎外感をずっと感じている息子がどうして好かれているのかなぁと考えた時、生まれもっての「人好き」と、どんな噂がある友だちも多少嫌な思いをさせられた友だちも、生まれもっての「忘れっぽさ」と良い所を見つけて「憎みきらない」ところがみんなに伝わっているのかなぁと、そうだったら嬉しいなぁと思っている。

どこかで心に分厚い壁を作っているようにも見える息子が壁のない友だちと仲良くなるのは、どこかに憧れを持っているのかもしれないな、とも思う。

そして気づいた。同じクラスになったことのない子のほうが言葉がキツいのだということを。

公園で「学校サボってる奴は帰れ」と言う子は同じクラスになったことのない子が多いのだ。息子が息子なりに頑張っている姿を知ってくれている子は、励ましてくれることはあってもあまり悪口を言わないということに、私は気づいたのだ。

子どもは子どもなりにみんなちゃんと見ていてくれているんだな、と安心する。

だから不登校に関して酷いこと言われても気にしなくていいよ、と息子にも伝えている。

こんな素晴らしい環境の元で息子は四年生の一年間を過ごした。

それでも学校へは行けないことも多い。何も焦りがない訳ではない。心配事は山積みにされているが、それでも素晴らしい先生方と友だちやママ友さんのお陰で、私は「征佑輝は征佑輝。この子は大丈夫！」と自然と思えるようになってきた。

だが残念なことに三学期の三月、新型コロナによる休校で大好きなクラスはあっけなく幕を閉じてしまった。


ついに五年生になってしまった。子どもの成長はなんと早いことか。

心配していた五年生のクラス担任は、小鹿野先生という海野先生とはまたタイプは違うがとても理解のある先生だ。少し厳しくて、でもユーモアのある素敵な先生だ。

校長先生は平田先生から仲谷先生に変わったが、仲谷先生も平田先生と同じく、息子の主治医である岩野ドクターと面識があり、とても理解のある先生だ。

小鹿野先生は海野先生と同じく、昼からの登校でも全然構わない、とおっしゃった。

休校中の息子は罪悪感から解き放たれ、長い休校でまたリズムを崩し、目をキラキラと輝かせながら近くの公園へ飛び出して行っていたのだが、長い休校でまたリズムを崩し、なかなか学校へ足が向かないようだった。それでも一学期の終盤には、一ヶ月毎日学校へ行けたらごほうびにゲームソフトを買う、という約束を自ら提案し、見事やり遂げた。

だが夏休みでまたリズムを崩し、一学期に頑張った反動も来たのか、二学期にはほとんど登校できなくなった。

それでも、家族の理解が以前より増したこと、学校の理解が最上級であることで、私たち家族も良い意味での諦めを得ることが少しはできたのではないだろうか。

小鹿野先生はクラスメートのことをよく教えてくださる。自主学習という宿題では、各々テーマを決めてそれについて調べノート見開き二ページにまとめる。テーマが自由設定の時には、息子のテーマの決め方が面白かったらしく、楽しみにしてくれる児童もいたそうだ。そして息子が休んでいても、自主学習の宿題が学校に届けられたと分かると、読んで色々な意見を言ったりしてくれるそうだ。

小鹿野先生は、自主学習のように情報を纏めることは得意でも、自分の気持ちを出すことが苦手な故に感想文や作文が苦手だということも、ちゃんと理解してくださっている。むしろ小鹿野先生が「自分に自信がないから、自分の気持ちや考えを文字にするのが苦手なんじゃないかなと思います」と気づいてくださったのだ。私はその言葉にとても納得がいった。

またある日には、今まで同じクラスになったことのない児童が「なんで弥山さん来ないの？」と聞いたそうだ。責めるのではなく単なる疑問だったと思う、と教えてくださった。先生が「サボっている訳ではなくて…」と、どう説明しようかと考えていると、今までも同じクラスになったことのある児童たちが口々に、

「弥山はこれでいいねん」

「学校来てなくてもちゃんと家で勉強してるから」

「宿題もちゃんとしてくるし」と言ったそうだ。

小鹿野先生は、「少し心が疲れているのかなぁ」と補足してくださったようだ。「子どもたちは大人が思っているより、ずっと分かっています。ちゃんと見てちゃんと受け入れていますから、安心してください。征佑輝くんの居場所は、ちゃんとクラスにありますから。いつでも安心して来てもらって大丈夫ですよ」と言ってくださった。

そしてその後も息子のペースで登校している。一ヶ月に授業を受けられるのは二日ほどだ。それも六時限目だけ、などだが、それでも友だちが大好きな息子は新型コロナにより三泊から日帰りに日程が短縮された自然学校も、二ヶ月ほど前からずっと楽しみにしていた。何度も「自然学校、いつ？」と聞き、その日を待ちわびていた。

だが心配は十時頃の起床が当たり前になっている毎日の中で、自然学校の集合が七時五〇分だったことだった。数日前の小鹿野先生との個人懇談で、みんなが持参するという家庭科で製作したナップザックのキットを受け取り、第一部は観光バスで自然の家に行き、第二部は学校へ戻り肝試しやクラス毎の出し物などをして過ごすという当日の予定を改めてお聞きした。劇発表をする息子のクラスで、息子の役割は歌を歌うことだった。本人は「こんな役あってもなくても良いんちゃう？」と少し拗ねていたが、クラスの児童からの「練習をしなくても参加できる」という提案でこの役を割り当ててくれたのだと教えてくださった。参加できてもできなくても、練習を重ねてきた児童たちにあまり迷惑をかけず、また行けば必ず参加できるこの役割は、今の息子にとって最適だったのではないかと思う。そして途中参加は一人ではないので、どうしても無理なら二部からでも、もし連れて来れるなら現地集合で一部の途中参加でも構わないと思います、ということだった。朝無理ならダメと言わず、いろいろな参加方法を提案してくださったことを有難く思いながら帰宅後息子に小鹿野先生の話を伝えた。すると息子は一部の最初から絶対に参加したいと言った。

途中参加は自分が許せないのだと「絶対起こしてや！」と力を込めて。

ナップザックも週末早速製作した。家庭科の授業を受けたことのない息子は、雑巾縫いしかやったことがない。どうなることかと思いながらつきっきりで教えたが、元々手先が器用な息子は、こちらが少し説明をすればすぐに理解し、私は説明だけで「楽しい！」と言いながらすべて一人で完成させ、何とかみんなと同じナップザックを背負って活動することができた。

そして当日は、出発までに間に合えば万々歳、と考えていた先生や家族をよそに、なんと集合時間に間に合ったのだ。どれほど楽しみにしていたかということが、これだけでも十分過ぎるほど伝わった。そして最後の最後まで楽しく過ごせたようだ。小鹿野先生もとても嬉しそうに「何度もとても良い笑顔が出ていました」と教えてくださった。

やはり友だちとの楽しい時間は息子にとって、とても貴重なのだ、ということを改めて感じた一日だった。

そして後日自然学校の写真を見た時、友だちに溶け込んで息子がクラスメートと過ごした一日が、何枚もの写真に収められていたのだった。

同じクラスの仲間だと受け入れてもらえていることが写真から伝わってきた。本当に我が息子はなんと友だちに恵まれていることだろう！

・時代がもたらすもの

今は昔と違い、不登校になる子どもが多い。昔より一人っ子の子どもが増え、子どもたちが背負う期待が昔よりも大きいのが原因だという人もいる。

昔より社会（学校）生活自体に負担が増えている、という人もいる。

我慢できない子どもが増えたのだと言う人もいる。本当のことはよく分からない。

発達特性にしても、生きにくい人、と捉える人もいれば、能力のある人、と認める人もいる。昔は「変わった人」と括られていた人たちに名前がついただけ、という人もいる。

息子の主治医は「発達障害」という言葉が嫌いだ。「発達特性」とおっしゃる。発達の偏りがあるだけなのだ。私はこの言葉が好きだ。まさにそうだと思えるからだ。

苦手なことと得意なことに差がある。これって、そんなに悲観することでは決してないはずだ。

おしゃべりが好きな人のことをある人は「口が軽い」と言い、ある人は「社交的な人」

と言う。仕事のペースがスローな人のことを「仕事が遅い」という人がいれば「じっくり仕事と向き合える人」と言う人もいる。それと同じではないのか。

好きなことを我慢できないのではなく好きなことに没頭できる、思い付けば我慢できないのではなく好奇心が旺盛、昔のことを忘れられないのは過ぎてしまったことに対して振り返りができる。

ただ、話好きの人が話せる状況で黙っていることに努力が必要なのと同じように、我慢には人一倍の努力が要る。

幸い昔のようにみんなが右へ倣え、の時代ではない。枠に填まらなければ自分の枠を作ることができる時代だ。仕事にしても、昔では考えられないような仕事だって今はたくさんある。

フリースクールも最近知名度が上がり、昔のように負のイメージばかりではない。フリースクール自体も増えてきた。費用のかかるのが難点だが、定型発達の子どもの親でも魅力を感じるようなフリースクールもある。

テレビを点けても、枠に填まりきらない大人が増えている。それなら、枠に填まらない子どもがいて当然なのだ。

もちろん学校へ行くことを否定している訳では決してない。だが「みんなと一緒のことをしなければ爪弾きにされる」という時代は終わりにしても良いのではないかと思う。

だからと言って何をしても良いわけではないのも言わずもがな。

在宅勤務が整備されてきた今、何らかの形で在宅学習が整備されても良いのではないだろうかとも思う。

以前あるテレビ番組で、不登校の子どもが学校に設置されたカメラでライブ中継のように授業に参加したことが紹介されていた。イマドキだな、と思うと同時に、なんと素晴らしい学校だろう！と感動もした。

おそらく私と同じことを感じた人は少なくないのではないか。

学校へ行けなくても、フリースクールに行かなくても、学校が認めるタブレット教材をやらなくても、「自分のクラスの授業に参加する」方法を模索してみても良いのではないだろうか。または今の「枠に填まった学習方法」自体の見直しがされても不思議ではない。実際昔に比べると学校の授業も随分変わってきたように感じるが、世界で見ても学習時間が多いことと学力のつくことがイコールではないという実績だってある。

それでも参加できない子どもたちもいるだろう。また何か自分の思いがあって、自分の意思で「行かない」と決めて行かない子どももいるだろう。不登校が悪いこと、だとは思わない。が、家族と本人両方の負担が減る方法があるのなら、それで少しでも人生救われる人がいるのなら、選択肢を増やすという意味で新しいことを試してみても良いではないか。

教員や大人たちが発達特性のある人たちを受け入れる体制を整備することはもちろん大切だと思う。だが、本人が社会に「参加しやすい方法」を並行して開拓してほしいものだ。

私はいつも思う。

発達特性のある子どもたちは、定型発達の子どもより、確かに育てにくいかもしれない。だが特別な育児が必要な訳ではないと思っている。

発達特性のある子どもたちにとっての「理想の関わり」とは、どんな子どもにとっても「理想の関わり」なのではないかと。

ただ特性のある子どもたちは定型発達の子どもたちより、こちらの真意が伝わりにくかったり深く傷ついたり、上手く自分で軌道修正ができなかったりと、特性からくる理解の難しさがあるため、定型発達の子どもより、関わる大人の配慮や注意、そして工夫が必要なのではないかと思う。だがそれだけだ。特別なことではない。手はかかるかもしれないが、根本は普通の育児と何ら変わりないのではないかと、発達特性のある子どもたちにとって生きやすい環境を整えるということは、特性のない子どもたちにとっても生きやすい環境になるのではないかと、私は思う。

・学校に行けなくても

今、息子は不登校になっている。

明るさは取り戻しつつあるが、学校に対してはまだ、行きたい気持ちと行きたくない気持ちの葛藤が続いている。

いくら学習のサポートを家族が整えても、友だちは学校にいるのだ。

仲良しの友だちと会いたい。だけど行けない。

その理由はいくつかあるのだろうが、悪気の有無はさておき、「不登校」と言われることもいくら良い友だちが多くてもやはり多少はある。仲が良いクラスであれば気軽に言ってしまうかもしれないし、登校できた時の息子の様子から、そんなに気にしているとは思わず軽口で言う児童もいるだろう。「出来ていない」と言われることに敏感な息子には、友だちから一番聞きたくないかもしれないこの言葉は少し胸に突き刺さっているかもしれない。だがこれは悪意がないのなら息子が受け止めていかなければならない部分でもあるような気がする。

吃音が酷くなってきた息子に、今何かストレスを抱えていたらママにも教えてほしいな、と言うと「学校に行けないことが一番のストレスかな」と答えた。

学校への足取りが遠のいていても、「学校なんか行かなくても良い！」と思っている訳ではないことがこの言葉にも表れている。

不登校になった原因は担任との相性の不一致だったが、不登校になる要素は元から持っていた。原因になった担任とのことがなければそのままなんとか登校を続けられたかもしれないし、遅かれ早かれ不登校になっていたのかもしれない。それは誰にも分からない。

だが、学校へ行けなくても友だちが大好きだ。連絡ノートや宿題を持ってきてくれるお友だちに大きな負担がかかっている。それも恐らく本人も今は十分理解している。だが友だちが来てくれるのを心待ちにしているのもまた真実だ。友だちが来てくれると飛び出す。話がしたいのだ。会いたいのだ。学校へ行けなくても。

私たち家族も、何もかも達観した訳ではない。

征佑輝の家族として、至らぬことは山ほどある。普通の育児の過程で、また友だちとのコミュニケーションが少なく学校生活の中で学ぶ機会がないために家族がこれから息子に伝えていかなければならないことも山積みだ。

だが、学校へ行けなくても以前よりは心を痛めなくなった。それは諦めたのではなく、征佑輝の力を信じているからだ。そして、足取りはゆっくりでも日本の学習環境の変化を感じているからだ。

中学へ行けばまた悩みの壁に突き当たるかもしれない。でもその時はまた何とか解決策を見つけることだろう。捨てる神あれば拾う神あり。今は生活リズムを整え心を静めて、征佑輝が心穏やかに過ごしてくれることを願っている。

「帰りに空見てみ。お月様キレイで！」と電話をしてきてくれる征佑輝。

「ママ大好き！」と抱き締めてくれる征佑輝。

泣き虫な征佑輝。

甘えん坊の征佑輝。

寂しがり屋の征佑輝。

ちょっぴりおこりんぼうの征佑輝。

自分に自信のない征佑輝。

みんなみんな、本当のあなた。


征佑輝はいつも、俺は性格悪いって言うよね。こんな俺のこと友だちやと思ってる奴おらん、って。

でも自分の欠点を見つめられる人ばかりじゃないんだよ。自分の欠点を見つめられなくて、みんなが迷惑していても人のせいにする人はたくさん居る。でもあなたはちゃんと自分のことを冷静に見ることができる。それは大きな長所だよ。

それにおこりんぼうが決して悪いわけじゃない。おこりんぼうは自分を素直に出せている証拠。ただ相手のことを考えずに怒って良い訳ではないけど、おこりんぼうの人がみんな悪い人な訳ではないとママは思うよ。

欠点がない人なんてこの世にいないんだから、征佑輝も自分で気になるところは悲観せず見つめ直せばいい。そして自分の長所、強みを伸ばしていけばいいんだよ。

苦手なことで何か困っているなら、補う方法を考えればいい。

好奇心が旺盛で、自分の言葉で友だちを傷つけていないか心配して、悪い噂がある友だちでも噂だけで判断せず、相手をちゃんと見て自分が受けた印象で判断できる。

冬になると毎晩みんなで交換しながら食べるみかん。とってもおいしくて小さなみかんがあたった征佑輝に、今日は交換を止めよう、と提案しても、少し怒りながら「ダメ！みんなで食べるの！」って分けてくれるよね。

こんな素敵な征佑輝のどこを見て「良いとこない」って言ってるの。

征佑輝は色んなものをママにくれる。

征佑輝を産めると分かった瞬間の喜びを思い出すだけで、十年以上経った今でも一瞬で泣けるよ。

「ママはボクの女神」って言ってくれたね。

「ママはボクにとって世界一の母親」とも言ってくれた。

こんなに嬉しい言葉をプレゼントしてくれたこと、ママは一生忘れないよ。

不登校じゃない息子が良かったかって？

ママの息子がオレじゃないほうが良かったんじゃないかって？

確かに不登校の息子を望んでいた訳ではないよ。

でも不登校になったくらいで嫌いになるなら最初から産んでないよ。

ひとつのことに没頭できるのも征佑輝の長所。

こんなことが嫌だったんだって、こんなことしてくれて嬉しかったんだって、ちゃんと伝えてくれるのも嬉しい。

ママの乳がんを見つけるきっかけをくれたのも征佑輝だったね。あなたはママの命の恩人です。

時々大人以上に世界のことを考えるところも尊敬する！

分析力にも時々度肝を抜かされる。

同じテレビを何度も見て、知識を自分のものにするところも真似できない素敵なところ。

あっでも！　ママたちは身体のことを心配するから、たまには外で遊んでくれると嬉しいな。

ゲームもやりすぎは困っちゃうけど、楽しいことを見つけて、そこから得られるものもちゃんと理解してちゃんと得ていることは素晴らしいと思うよ。

不登校でも、ママたちはあなたの良いところたくさん知ってる。

不登校だから得られるものもきっとある。

この経験がいつかあなたの糧となれば、ママたちは、家族みんなの経験は、無駄には決してならないから。

だから。

あなたはあなたを最大限生かせる道を。

見つけられなくても良い、探してほしいと思います。


もしいつか本当に死にたい、と思ってしまったら、誰かにまずは一言、弱音を吐いてみて。

真面目に聞いてもらえなかったら、聞いてもらう人を変えてみれば良い。見つからなかったらお医者さんに聞いてもらったっていい。

誰かに何かを打ち明けて、そこから見えてくる道もきっとある。

あなたが気づいていない魅力は、友だちやあなたに関わる人たちがきっと教えてくれる。

あなたには生きていく価値がある。

あなたにしかできないこと、きっとある。


学校に行けなくても社会に出て活躍している人はたくさんいる。

不登校でも。

それでもじいじもばあばも、そしてもちろんママも。

あなたのことが大好きです。


喧嘩しても。それでも。

みんなあなたを愛しているよ。

あなたに何度でも言いたい。
あなたと出会えたことが、ママの人生最大の幸せだということを。
これからも、あなたの喜びや幸せ、そして辛さや悲しみを一緒に感じさせてください。

最後に、
ママたちのところに生まれてきてくれて
本当に、本当に。本当にありがとう！

完

◆あとがき

不登校の息子と私たち家族の日常を記したこの本は、些細なことがきっかけで書き始めました。

職場での人間関係に疲れていて、自分にも自信をなくしている時でした。

そんな時、私が誰かの役に立てることはないのかな?と考えたのが新型コロナの第一波真っ只中の時です。

同時に、息子の精神的落ち込みが酷くなったあと、少し持ち直した時でもありました。

そこで、息子にこの本を残しておくことで、将来私が息子に思いを伝えられなくなっても、自分が母親に愛されて育ったんだ、不登校になっても嫌ってなかったんだと、思い出だけではなく、文字でも確認できることができれば素敵だな、私の思いをそのまま残してあげられたらいいな、そして将来息子が父親になったとき、育児のヒントになればいいな、と思ったのです。

休校する学校が全国的に発生し、きっと不登校の子どもたちが増えるだろう、悩む子どもたちや親御さんが増えるだろう、という思いもあったので、本を出せば何かの役に立てるかもしれない、とも考えました。

この本は、主に息子の不登校を題材としています。そのため、本文中に登場する氏名は全て仮名にさせていただきました。また学校と家以外の生活のことには殆ど触れていませんが、息子が嫌なことは嫌、というのはもちろん学校の外でも遺憾なく発揮されましたので、ここで少しご紹介させていただきますね。

幼稚園の頃、レゴが大好きな息子をレゴ教室に通わせました。最初は楽しく通っていたのですが、段々と早起きが嫌で行きたがらなくなり、毎回遅刻をした時期もあります。夕方のクラスにすると、また通えるようになりました。

サイエンス教室にも通いました。実験は興味深く参加していましたが、最後にまとめのノートを書く時間が設けられてから、めっきり嫌がるようになり、将棋教室に入会するタイミングで辞めることにしました。

計算が好きな息子の知的好奇心を満足させるため、計算塾にも通いました。最初は楽しく通いましたが、しばらくすると遊び感覚だった計算が「学習」になったのか、通えなくなりました。

主治医に、知能は高いから受験を考えても良いのでは？と進められ、進学塾にも通いました。ですが、学校と同じく、先生が前に立つ形式の集団学習は本人にとってはとても苦痛だったようで、塾のある隣駅まで父が車で連れて行ってくれても、鞄（リュック）を置いたまま走って逃げ、父から「オレはもう知らん！」とお怒り（嘆き）の電話を何度取ったか分かりません。そんなこんなで進学塾は二ヶ月しか通えませんでした。

学校にもすでにあまり行けていなかった中で、塾の先生に惜しまれながらツーマン指導の系列塾を紹介していただき、そちらでは父の手を引っ張り「早く行こう！」と言い楽しく通塾してくれました。が、途中で先生が変わると一変、また塾へは行けなくなりました。

そして現在、不登校や発達に特性のある子どもの指導を得意とする家庭教師の会社から、大学生の家庭教師の方に来ていただき、学校の勉強をご指導いただいていています。有り難いことに今のところ楽しく勉強してくれています。実はこの先生に勉強を見ていただくようになったころに、息子が言った忘れられない言葉があります。

それは「いままで勉強って結果が出ないと楽しくないと思ってた。でも今は勉強して『知る』ことそのものが楽しい！」

息子はしんどいことが嫌いです。現在無いことを想像することが苦手だからか、これを頑張った先に楽しいことが待っている、という考えが殆どないように感じます。だから受験には少し興味があるけど勉強は嫌。受験勉強をどれくらい頑張ればどうなる、ということが想像できないため、頑張ることが難しいのです。息子にとってどう接することが良いのか、未だに試行錯誤の連続ですが、この家庭教師の先生は、上手く息子の「好奇心」を満たしてくださっているのだろうな、と思います。まさに私が望む学習の形なのだと感じています。

幼稚園から通うスイミングスクールは上達するにつれ、コーチが厳しくなり徐々に行かなくなり、新型コロナによる休講でそれも決定的になりました。小児喘息に効果的と言われていることと、お風呂で毎日のように潜って遊ぶ息子を見ていて水泳自体が嫌いとはどうしても思えなかったこと、そして息子の泳ぎ方が大好きでいつも楽しく見ている私の個人的興味とが重なり、水泳を続けてほしいと思い、少し緩めのスイミングスクールに変わりました。すると途端に、息子は誉め上手のコーチに守られながら、とても同一人物とは思えないほどスムーズに毎週スクールへ足を運んでいます。

二年の頃から放課後等デイサービスでプログラミングもしています。ゲームプログラマーになりたいと話していた息子に、プログラムとはどういうものかに触れてほしかったからです。レゴでプログラミングは少し習っていたのですが、デイサービスのほうがより息子のやりたいことに近い気がして、後ろ髪を引かれながら長い間お世話になったレゴスクールを辞め、デイサービスに変更しました。今も面倒くさいと言いながらも楽しく毎週通っていますので、じっと椅子に座って何かをする、という練習になっているのかもしれません。

五年になり二年待機していた学習型の放課後等デイサービスに少し通ったこともありました。

三年の頃から始めた将棋教室には今でも楽しく通っていて、学習型の放課後等デイサービスで休憩時間、五分勝負で将棋をしたことがあるそうです。

相手は初段の先生だったらしく、「いつもは五分勝負で、強い子相手でも勝負がついたとき二分は残るらしいけど、俺は勝負がついたとき一分しか残ってなかった！」と先生が勝敗を決めるのに、他の児童より苦戦したことを大喜びで教えてくれました。

スイミングのフォームはとても綺麗と伝えても全く信じてくれない息子。将棋の五分勝負はどうして初めて会った先生の言葉をすぐに受け入れたのか。

それはやはり、勝敗がついたことと、明確な数字で結果が出たからなのだと思っています。スイミングは競泳でもなく、順位や誰かに何秒勝った、という結果が出ません。ましてや自分のフォームなんて見たことがないから、綺麗と言われても分からない。スイミングは褒めても本気にせず、将棋は負けても大満足で帰ってきたのは、形に表れたほうが分かりやすい、ということを顕著に示しているのではないかと思います。

やはりデイサービスの先生方は、発達特性のある子どもたちへの伝え方が非常にお上手です。プログラミングの方でもその日の予定を実施時間と一緒に書いてくださり、事前に予定が分かるようになっています。聞くほうが得意な子ども、見るほうが得意な子どもがいますので、それをみんなで読み上げて耳からと目からの両方から働きかけてくださいます。その他にも、日常生活の参考になるようなことを子どもだけではなく、親も吸収することができますので、とても信頼して息子を預けることができています。

最近は、あまりにも学校から遠ざかっているためか、学校へ向かう気持ちがどんどんと薄れてきています。学校へ行かないこと自体に罪悪感を持ったり、もう行かなくてもいいや、と考えたりという、そういう気持ちが一切出てこない、友だちとは遊びたいけど、学校に対する感情が何も出てこない、と言う時もあります。にもかかわらず、今年に入り、吃音が今までになく酷くなってきました。こちらから言葉を繋げたくなるほど、一つの言葉に時間がかかることがあります。また時には学校へ行けないことが「地獄だ」と切実に訴えることもありますので、何かしら息子の中で葛藤が生じているのでしょう。成長と共に新たな悩みや不安が出てきている可能性もありますので、すでに我が家は次の段階を見据えて息子をサポートしていかなければいけない時期なのかなと感じています。

中学は公立、私立、フリースクールなど、色々な可能性を考えています。

息子が楽しく生活を送れることを第一に考えながら、息子の良さを引き出せるような、よりよい進路を探していこうと思います。

親バカですから、小児喘息が治ればスイミングで頭角を現す可能性も、もしかしてあるのではと密かに関心を寄せています。

なんにせよ、息子が何か自信を持てることが一つでも見つかるといいなと思います。

好きこそ物の上手なれ。

没頭出来ることが見つかって、それを極めることが出来るなら、それも良し！　それが良し！

息子がどんな成長を遂げるのか、学校に行っていなくても、とても楽しみにしています。

最後になりましたが、私をずっと支えてくれている幼稚園・小学校・高校からの親友たち、出産を心から喜んでくれたり私の選んだ道を尊重してくださった元上司・元同僚・同期生のみんな、いつも迷惑ばかりかけているのに相談に乗ってくださる上司や同僚の方々、息子をいつも見守ってくださる学校の先生方やお友だち、ママ友さん、いろんなアドバイスをくださる岩野ドクターやデイサービスの先生方、将棋の先生やスイミングのコーチ、老体に鞭打っていつも見守ってくれ全力でサポートしてくれる両親、そしてこの本を気に留めてくださり、率直なアドバイスをくださった文芸社の方々。皆さまのお力添えがなければ、私はここまで頑張れませんでした。この場をお借りして、厚くお礼申し上げます。

読者の皆さま、最後までお読みくださり、本当にありがとうございました。
皆さまにとって素敵な出会いがありますよう、心から願っています。

著者プロフィール

弥山 りの（みやま りの）

1968年、兵庫県で生まれる。
関西在住。
大阪の短大で幼児教育学を学び、卒業後一般企業に就職、現在に至る。

不登校の息子へ ～それでもあなたを愛してる～

2021年10月15日　初版第１刷発行

著　者　弥山 りの
発行者　瓜谷 綱延
発行所　株式会社文芸社
〒160-0022　東京都新宿区新宿１－10－１
電話　03-5369-3060（代表）
03-5369-2299（販売）

印　刷　株式会社文芸社
製本所　株式会社MOTOMURA

ISBN978-4-286-22845-7